JN076755

CHARADE BUNKO

Illustration

白崎小夜

CONTENTS

それは、うすら寒い十月の夜だった。

小路苑(こうじその)は坂道の途中で、こみ上げてくる涙を抑えきれず、小さく嗚咽(おえつ)を漏らした。

「う……」

人気のない夜道に、嗚咽はよく響く。

辺りは真っ暗だ。街灯が少ない。さっきまで住宅街が続いていたのに、いつの間にか道の両脇は鬱蒼(うっそう)とした木々に囲まれていた。

ここはどこだろう。涙をこぼしながら、苑はぼんやり考える。

金曜日だった。繁華街で一人、やけ酒を飲んだ後、タクシーを拾ったことはかろうじて覚えている。

まだ電車は動いている時刻だったが、酔っ払いのおじさんたちに絡まれて、怖くなって咄嗟(とっさ)に流しのタクシーに乗り込んだのだ。

苑はいい大人の男なのに、背が低くてひょろっとして、顔もたよりなげだから、よく人から絡まれる。ぼんやりおっとりしてるし、文句を言いやすいのだろう。

友達から「冬眠中のハムスターみたい」と言われたことがある。

それはともかく、タクシーに乗ったはずが、どうして今、見知らぬ場所をさまよい歩いているのか。記憶を手繰り、少しずつ思い出していく。

途中で財布を確認したら、予想外にお金が残っておらず、それで慌てて降りたのだっけ。カードや電子マネーもあったのだが、酔っぱらってそちらに気が回らなかった。

どこで降りたのか思い出せない。それからただ、あてどもなく歩き続けている。

「ここ、どこだろ……」

疲れた。早く寝たい。

「気持ち悪い……」

酒に弱いのに、飲みすぎた。飲まずにはいられなかった。

今日、会社を退職した。

憧れて入った中堅の玩具メーカーだ。大学を卒業した後、新卒から営業部に配属されて一年半。

周りはみんな意識が高く、仕事ができて、苑は落ちこぼれだったが、それでも志望していた業界に入れたのだからと頑張っていた。

残業も休日出勤も当たり前で、かなりブラックだったが、それで辞めようと思ったことはない。いつか、当初の夢だった商品開発に携わることを目標にしていた。

でも駄目だった。信頼していた人に裏切られ、心がぽっきり折れてしまった。

無理だ。もう頑張れない。なんでもない顔をして働けない。

社員の入れ替わりが多い会社なので、苑の退職もあっさり受け入れられた。

有休を消化することもなく月末まできっちり働き、送別会もなく、最終日に苑が上司や先輩の席へ挨拶に回っただけで、あっさり終わった。

特別なことと言ったら、今日だけは定時に上がれたくらいだろうか。

そのまま自宅に帰るのも虚しくて、会社から遠く離れた繁華街に移動し、一人で慣れない酒を飲んだ。

これからどうすればいいのかわからない。次の仕事はまだ決まっていない。

入社二年目で退職金などほとんどないし、ついでにアパートの更新が近づいていて、更新料と奨学金の残りを払ったら、貯金がほとんどなくなる。

実家に帰ることもできるが、親たちは何があったのかと心配するだろう。特に祖母は去年から心臓の具合がよくないから、余計な心労をかけたくない。

結婚して家を出た姉二人も、ぼんやりした末っ子が中堅企業に就職できたことを本人よりも喜んでいたから、言ったらがっかりさせるかもしれない。

どん底の気分は、酒を飲んでも変わらなかった。

そして今は迷子になり、携帯電話は充電切れときている。

「スマホの充電も満足にできないんだ、俺は。……ううっ」

落ち込んで自暴自棄になり、どこだかわからない道をやみくもに進んだ。すでにだいぶ歩いていて、自分がどの道を通ってきたのかも覚えていない。
　道は緩やかな上りの傾斜で、次第に細くなる。周りは相変わらず、鬱蒼とした木々しかない。暗い。怖い。

「俺……このまま死んじゃうのかな」

まだ十月の終わりである。今は肌寒いが、昼は半袖でもいいくらいで、一晩路上で寝ても死にはしない。けれど人っ子一人通らず、どんどん暗くなっていく道に、酔っ払いの苑は死さえ予感した。

　ここは冥界へ続く道で、自分はもう死んでいるのかも。以前、そんな漫画を読んだ。小説だっただろうか。

　その時、すぐ脇にある草むらがガサッと動いた。

「ひいいっ」

文字どおり飛び上がった。目の前を、猫が通り過ぎる。なんだ、猫か。

苑がホッと胸を撫で下ろすと、猫は少し歩いて立ち止まり、「ニャーッ」と鳴いた。

甘えた声ではなく、どちらかというと「お前、怪しい奴だな」というような、怪訝そうな声だ。でも、他に生き物のいない闇の中に猫がいて、苑は心の底から安堵した。

「猫ぉ……。俺さ、道に迷っちゃって。どうすればいいかなあ」

ベソベソしながら助けを求める。答えが返ってくるはずがない。

それでも猫は逃げもせず、しばらく前脚を舐(な)めて毛づくろいした後、また歩き出した。

「ね、猫ぉ」

お前、行ってしまうのか……と、思ったところで猫が振り返り、「ニャーッ」と鳴く。

ついてこい、と言っているようだった。いや、気のせいだろうけど。

酔っぱらっていたし、他にどうしようもないから、猫の後ろをついて歩いた。

猫はそれ以上は振り返ることなく、スタスタと緩やかな傾斜を上っていく。

さほども進まないうちにふと、どこからか食べ物の匂いがした。

懐かしいこれは……出汁(だし)と醤油(しょうゆ)の匂いだ。気のせいかと思ったが、匂いは次第に濃くなる。坂の先から漂ってくるようだ。

道はカーブを描いていて、先に何があるのか窺(うかが)えない。

「お腹減ったなあ」

そういえば、飲むばかりでろくに食べていなかったのだった。独り言をつぶやき、お腹をさすった時だ。

カーブを曲がると突然、ぽっかり視界の開けた場所に出た。

真っ平らな広い土地で、そこに二階建ての大きくて古びた木造の家が一軒、建っている。

その手前に小屋がついていて、すりガラスの引き戸から煌々(こうこう)と明かりが漏れていた。

奥の二階建ては瓦屋根のどっしりした造りなのに対し、手前は屋台に壁と戸をつけただけのような、簡素なものだ。

美味しい匂いは、どうやらその小屋から漂ってくるようだった。

「あれっ、民家？」

間違って私有地に入ってしまったらしい。土地を区切る柵や門は見当たらなかった。

慌てて引き返そうとしたが、どうせなら中の人に道を聞いてみようと思い立った。

「ニャーッ」

苑が戸惑っている間に、猫は小屋のすりガラスの前に立ち、大声で呼びかけていた。

すると、カラカラと内側から引き戸が開いた。猫がするりと中に入ると、戸はまたカラカラと閉められる。

「待って」

釣り込まれるように、戸口へ駆けていった。

こうして苑は、得体の知れないその小屋に足を踏み入れたのである。


『まぼろし食堂』

入り口に掛かった紺色の暖簾には、そんな染め抜きの文字があった。

こんな辺鄙な場所に突然食堂があるなんて、なるほど、まぼろしみたいだ。

（あの本と同じだな）

苑は子供の頃に繰り返し読んでいた、大好きな本を思い出した。

不思議な食堂を描いた、シリーズ物の児童文学だ。食堂の主人はモップみたいな長い毛足のモフ犬で、迷い込んだ子供たちに美味しいご飯をご馳走するのだ。

あの本の中の食堂も、『まぼろし食堂』だった。

（本当にあったりして）

まさかね、と思いつつ、半分期待した。中から楽しそうな歓談の声が聞こえて、人がいるのだとわかる。意を決して、すりガラスの戸を開いた。

「すみませ……」

「おーい下品だぞ！」

「いいぞーもっとやれ！」

おずおずと中を窺った途端、酔ったオッサンたちの声と、「ガハハ」「ワハハ」という笑い声を浴びせられた。

あっ、これは入るところを間違えたなと、瞬時に察知する。

中にいたのは癒やしのモフ犬ではなく、ハゲのおじさんとヒゲのおじいさん、それになぜか半裸の男。

半裸男はパーティーグッズの鼻付き眼鏡をかけ、たぶんヅラなのだろう、モジャモジャのアフロヘアをしていた。

中は外観から想像し得るとおり、狭くて粗末で、カウンター席が四つあるだけだった。苑が入った途端、喧騒（けんそう）がぴたりとやむ。三人が一斉にこちらを振り返り、心底驚いた顔をしたので、苑はひやりとした。

「す、すみませ……」

食堂と書いてあるけど、ただの民家だったのかも。怖気（おじけ）づき、道も聞かずに回れ右しそうになった。

「いらっしゃいまっせ〜」

苑が引き返そうとした時、カウンターの中にいた半裸の鼻メガネが軽快な声を上げた。静まり返っていた場の空気が和む。おじさんとおじいさんにも笑顔が戻った。

「ごめんなさいねえ、うるさくしちゃって」

苑が戸惑い、入り口に立ち尽くしていると、鼻メガネは愛想よく言って品を作った。言葉遣いもオネエっぽい。もしやここは、ゲイバーだったのか。

「はいっ、お好きな席にどうぞ〜」

好きな席と言われても、空いているのは一つしかなかった。

おじさんとおじいさんが一つ席を空けて座り、その空いた真ん中に、先ほどのキジトラ猫がいつの間にか、ちょこんと座っていた。

「どうぞ～」

真ん中が綺麗に禿げた、フランシスコ・ザビエルみたいな禿髪のおじさんが、半裸男の真似をして言う。

フライドチキンの看板みたいな白髪眼鏡の恰幅のいいおじいさんも、「どうぞどうぞ」と勧めてきた。三人とも、なんだかやたらと嬉しそうだ。

苑は断りきれず、右端に唯一ある空席に腰を下ろす。

椅子はパイプ椅子だった。汚くてぺたんこの座布団が敷かれている。店の中も古くてごちゃごちゃしていた。

店というか、学生時代に所属していた文化部の部室を思い出す。運動部ほどではないけど、古くてあまり綺麗じゃなくて、雑然としている感じだ。

食堂と名乗っているわりに、店内のどこにもメニューらしき表示がない。カウンターの上にもメニューブックは見当たらなかった。

（なんだここは……）

食堂なのか飲み屋なのか、ゲイバーなのか。しかし、店内には相変わらず出汁のいい匂いが充満していた。

「飲み物は何にする？」

半裸の鼻メガネが尋ねた。何があるのかわからない。酒はもう飲みすぎていたし、できれば温かいお茶がほしい。

でも、ここでお茶なんて頼んだら、空気の読めない奴だと思われるかもしれない。酔っているのに、そんなことばかり考えてしまう。

「えっと、ビールをください」

ザビエルおじさんが飲んでいるのを見て、咄嗟に答える。

「缶だけどいい？」

「あっ、はい」

ほどなくして、缶ビールとグラスが目の前に置かれた。鼻メガネがプルトップを開けて、グラスに注いでくれる。

「ど、どうも」

「じゃっ、かんぱーい」

鼻メガネが勢いよく自分のグラスを掲げたので、よくわからないまま苑もビールのグラスを持ち上げた。ちびりとビールを飲む。

「お兄さん、お腹減ってない？」

鼻メガネもカウンターの中でグラスをぐっとあおってから、苑に尋ねた。

「減ってる〜」

すかさず答えたのは、おじさんとおじいさんである。男はそれに「酔っ払いめ」と低い声ですごんだ。そう言う男もだいぶ酔っぱらっているようだ。

「食べられないものはある?」

「いえ、特には……」

「出汁巻き卵、食べられる?」

この時、苑は財布にほとんど現金がなかったのを思い出した。カードや電子マネーは使えるだろうか。首を伸ばして店内を探したが、これまたレジらしきものが見当たらない。

「はい。でもあの、お金が……」

なくて、と言う前に、男は鼻メガネの奥でにこっと笑い、くるりと身を翻した。後ろの冷蔵庫を開けて、何やら作業を始める。

そうして初めて気づいたのだが、男は半裸ではなく全裸だった。エプロンで隠しているつもりなのか。変態だ。

「あ、できるまでこれ食べててね。お通し」

変態だ、変態だ! と、苑が心の中で叫んでいたら、男が不意に振り返って、目の前にペーストの盛られた小皿をことん、と置いた。

なんだろうこれは。苑が不思議に思って覗(のぞ)き込むと、男は「あっ」と声を上げた。

「ごめん。これはキジえもんのちゅーるーだった。お通しはこっち」

小皿が猫の前に移動し、代わりに小鉢が苑の前に置かれる。中身は緑鮮やかな青菜だった。

「二種類の青菜とお揚げの煮びたし。嫌いじゃなければどうぞ」

苑は食いしん坊だ。食べることが好きで、なんでも食べる。弱々しい外見に似合わず胃も丈夫だが、アルコールに満たされた今の身体には、あっさりした食べ物がありがたかった。

「いただきます」

手を合わせて、小鉢と一緒に出された箸を取った。

煮びたしは冷蔵庫に入っていたのだろう、小鉢の肌が薄っすら湿るくらい冷えている。

「おっ……」

一口食べた途端、思わず声が出た。ただのお通しなのに、すごく美味しい。

お揚げと小松菜、それに三つ葉がどれも出汁に絡んで、しっとりとしていて食べやすい。

ビールにもよく合う。二口ほどで小鉢を食べきり、グラスのビールも飲み干した。

冷たいものばかり飲み食いしたせいか、身体が冷えてぶるっと身震いした。

「へいっ、お待ちっ」

そこにすかさず、鼻メガネが湯気の立つ器を差し出した。オネエの次は江戸前風か。キャラが定まらない。けれどすぐ、そんなことはどうでもよくなった。

ふわん、と出汁と卵のふくよかな香りが匂い立つ。店の外で苑が嗅いだのは、この出汁の匂いだ。

丸みのある白い器の中で、卵焼きが湯気を立てていた。その黄色いふわふわの上に、雪のように白いおろし大根がちょこんと乗っている。

苑はすぐさま器を手にし、出汁巻き卵を一口に割って大根おろしと共に口にした。

「あっ……おっ」

熱い。そして美味しい。

卵って、どうしてこんなに美味しいんだろう。滋味たっぷりの卵の後に、優しい出汁が口の中いっぱいに広がる。

「お、おいしい。すごく、めちゃくちゃおいしいです」

苑が夢中で食べるのを、おじさんとおじいさんは「うんうん」「美味しいね」と、孫や甥っ子を見守るように、優しげにうなずいていた。

そしてやっぱりビールに合う。苑はあっという間に出汁巻き卵を食べ終え、ビールも飲み干した。

温かい卵を食べたらすっかり気分がよくなって、ビールをもう一本頼んだ。鼻メガネがビールと一緒に出汁巻き卵のおかわりをくれて、大喜びで平らげる。ビールもぐいぐい飲んだ。

ひくっ、としゃっくりが出たけれど、気にならない。料理も酒も美味しくて、みんな親切だ。

苑が道に迷い、猫に誘われてここまで来たと顛末を語ったら、なぜか「おおー」と、三人から感嘆と拍手が起こった。

「素晴らしい。さあ、飲みなさい。食べなさい」

おじいさんが熱燗を勧めてくれる。何が素晴らしいのかわからないが、凍えた心に温もりが沁みた。

「ありがとうございます。美味しい。俺もう、思い残すことはありません」

「そんな、今にも死ぬみたいに言わないで」

鼻メガネの優しく労わるような声を聞いた時、目から思わず、ぽろっと涙がこぼれた。おじさんが黙ってティッシュの箱を置いてくれて、その優しさにまたぼろぼろっと涙がこぼれた。

「うう……」

「他にも何か食べるかい」

と聞いてくれたのは、おじいさんだ。

「うっ、ありがとうございます。でも、実は現金がなくて」

「いいのいいの。君はきっちゃんが久しぶりに連れてきたお客なんだから」

おじいさんがニコニコしながら徳利を差し出した。きっちゃん、とは誰だろう。

「ニャーッ」

真ん中に座っていた猫が鳴く。よく見るとカウンターの奥に引き戸があって、鼻メガネがちょっとだけ引き戸を引くと、猫はそこからするっと奥に入っていった。戸はすぐに閉められたので、奥がどうなっているのかは見えなかった。

それからまた、おじいさんに勧められるまま酒を飲んだ。

ただでさえ酔っていたのに、さらにビールと日本酒を飲んで、苑の頭の中はもうまともな思考力を残していない。

人目もはばからず涙を流し……それに何か、いっぱい喋（しゃべ）った気がする。

「──そっかそっか、会社辞めたの」

「はい。もう頑張れなくて」

「それはひどいよね。いや、君はもうじゅうぶん頑張ったよ」

「ううっ、あっ、ありがとうございましゅぅ……」

「苑ちゃん。もうお酒やめて、お茶にしなよ」

鼻メガネの声がして、目の前に湯呑（ゆのみ）が置かれた。苑ちゃんって、どうして名前を知ってるんだろう。ふと不思議に思ったが、それもすぐ忘れた。

泣いて愚痴をこぼしているうちに気持ちがよくなって、眠くなった。

よくわからないが、その後ちょっとだけ、苦しかったような気もする。

「卵が……最後に食べた卵が美味しかったから、俺はもう、思い残すことなど何もっ」

「わかったわかった。出汁巻き卵はまた作ってあげる。もう寝ようね」

ぽんぽん、と背中を優しく叩かれ、ホッとした。寝ていいんだ。

「うん、いいよ。ゆっくりおやすみ」

低く甘い鼻メガネの声を聞きながら、苑は深い深い眠りの底へと落ちていった。


苑が玩具メーカーを志望したのは、子供の頃、玩具作りに憧れたことがあったから、という単純な理由だった。ものすごく強い意志があったわけではない。

子供の頃から、絵や漫画を描いたり、工作したり、はたまた手芸をしたりと、一人で黙々と何かを作るのが好きだった。

でも、好きなだけでは食べていけないし……と、大学は地元の経済学部へ進んだ。

そこが地元で一番、就職率が高かったからだ。

運動は不得意だけど、勉強はできた。人付き合いが下手で友達も多い方ではないが、のんびり自分なりに楽しく過ごしてきた。

大学の後半になって、さて就職をどうしよう、と悩んだ時に思い出したのが、子供の頃の夢だった。

夢といっても、大好きな玩具があって、自分も将来、こういうものを開発できたらいいな、とほんのり考えていた程度だ。

その玩具は、愛読していた「モフおじさんのまぼろし食堂」シリーズという児童書のキャラクターを商品化したものだった。

登場キャラクターたちの絵がブロックになっていて、それをパズルみたいに組み合わせて四コマ漫画を作るのである。

吹き出しに、専用のマジックで自由にセリフが書ける。空白ブロックもあって、自分で絵を描き足すこともできる。

苑は当時すでに中学生で、玩具の対象年齢を上回っていたのだが、年齢に関係なく楽しめた。

よくできてるなあ、こういう玩具を自分も作りたいな、なんてことを思っていた。大学生になって、当時の興奮を思い出したのだ。

それで玩具メーカーを中心に、ゲーム会社やその他の業界にもあちこち応募して、運よく中堅玩具メーカーの一社に内定をもらった。

誰もが知っている大手ではないけれど、アニメやゲームのキャラクター商品なんかをたくさん手がけている。

都内に本社があり、生まれて初めて実家を出て一人暮らしをすることになった。

入社後、苑は営業部に配属された。商品を開発する企画開発部とやり取りが活発で、営業部から企画開発部への転属もたまにあるようだ。

そう聞かされて、企画開発部を志望していた苑は大いに奮い立った。

入社時は希望に満ち満ちていたけれど、やっぱり実際に働いてみると、現実は想像とまるで違っていた。

玩具メーカーというから、勝手にほのぼのしている会社だと思っていたのだ。

営業部も企画開発部も、社員はみんな意識が高くて社交的で、社会に対して常にアンテナを張っている。自分とはぜんぜん心構えが違うのだと落ち込んだし、この会社でやっていけるのか不安になった。

しかし幸い、研修期間は優しくしっかりした女性の上司がついた。

資料の作り方、議事録の書き方、その他いろいろ丁寧に教えてくれて、トロ臭い苑でも理解できた。

小路君はコツコツ努力できるし優秀よ、と、事あるごとに褒めて伸ばしてくれて、おかげで少し自信がついた。その上司には、今も感謝している。

ところが、苑の研修期間が終わると同時に、上司は産休に入ってしまった。

そのことを、彼女はずいぶん謝ってくれたのだが、苑の入社前から決まっていたことだ。むしろ大きくなるお腹を抱えて、よくも根気よく付き合ってくれた。

代わりに苑の上司になったのは、彼女の上席で、何もかもが正反対の男性だった。

仕事は自分で探せ、人に聞くな見て覚えろ、というタイプである。

そうはいってもまだ入社三か月目で、何をしたらいいのかわからない。自分なりに仕事を探してやってみたが、今度は勝手なことをするなと怒られる。

使えねえなとネチネチ言うだけで仕事をくれない上司に弱っていた時、手を差し伸べてくれたのが、疋田(ひきた)という四つ上の先輩だった。

「あの人、自分が指示出すのが面倒なだけだから。気にすんなよ」

そう断じ、上司に対してもおそらく話をつけてくれたのだろう、それからは疋田があれこれ仕事の指示を出してくれるようになった。

仕事量は膨大で、その日から途端に忙しくなったが、ずっと暇を持て余していた苑はむしろありがたかった。

疋田と二人で夜遅くまで仕事をして、一緒に食事をしたり、たまに飲みに行ったりもした。

苑はたちまち、疋田が好きになった。

意識し始めると、彼が隣にいるだけでドキドキしてしまう。それからやっぱり、自分はゲイだったんだなと自覚した。

今まで苑は、女の子を好きになったことがなかった。代わりに目がいくのは男の子で、もしかして、と思いつつ、恋愛とは無縁のまま社会人になった。

自分はゲイで、男性が好きだった。最初についていてくれた女性の上司など、優しくて温かくて美人だったのに、尊敬はしてもときめくことはなかった。女性だったからだ。

そんな自分が生まれて初めて、会社の先輩に恋をした。

でも好きだというだけで、それ以上のことは何も望んでいない。

疋田は明るくて社交的でかっこよくて、女性社員にも人気があった。当然、彼女だっているはずだ。想いは胸に秘めて、その後も疋田の下で仕事を続けた。

やがて疋田と苑は周りから「コンビ」と呼ばれるようになり、先輩と自分がコンビなんておこがましい……なんて謙遜しながらも、こっそり喜んでいた。

仕事はどんどん増えていき、そのうち疋田は会議や外出で別行動を取るようになり、苑だけが遅くまでデスクに残ることが増えたが、疋田の役に立っているのだからと、不満を持つことはなかった。

それでもさらに仕事は増えて、手が回らなくなってきた。自分は毎日終電なのに、疋田はよく飲みに行ったり、合コンに行った話をしている。

仕事の手が回らないと疋田に恐る恐る言うと、彼は「気づかなくてごめんな」と、素直に謝って、それからしばらく仕事を手伝ってくれるようになった。

二人の関係が明らかに変わってきたのも、その頃だ。

「苑って可愛いよな。男なのに」

以前のように一緒に残業をし、仕事終わりに飲みに行った時、赤ら顔の疋田がそんなことを言い出した。初めて名前で呼ばれた。今まで苗字で呼んでいたのに。

「俺、苑なら抱けそう」

意味深なことさえ言われた。

「え、えっ」

「お前、俺のこと好きだろ」

にやりと笑う疋田に、苑は困惑し、混乱した。答えずにいると、居酒屋のテーブルの上で手を握られた。

「俺たち、付き合っちゃう?」

あまりに唐突で、なんと答えていいのかわからなかった。疋田はゲイ、いやバイなのか。

「あのでも、先輩は彼女がいるんじゃ……」

とっかえひっかえしているという噂(うわさ)だった。

「いないよ」

疋田はじっと、苑の瞳の奥を見つめた。苑は耐えきれなくて、ふいっと目を逸らしてしまった。そんな苑に、疋田はふっと笑った。

話はそれきりだったが、その日を境に疋田の態度が変わった。

明らかにスキンシップが増えた。苑のことを可愛いなと言ったり、たまにセクハラっぽい話題も振ってくる。

そのうち仕事を手伝ってくれなくなって、また残業は苑だけになったが、その際も「俺は外回りに行くから」とか、飲みに行くのも「仕事の人脈を広げるため」と理由を苑に告げて行くようになった。

たまにだけど、差し入れもくれた。缶コーヒーとか安いガムとか、そんなものだけど。

「合コン？　行くわけないだろ。苑がいるのに。それとも、お前は行くのかよ。俺がいるのに？」

時には手を握り、真剣な顔でそんなセリフを言われたりもした。ほっぺにキスもされた。唇にされることはなかったが。

毎日終電まで残業しても仕事が終わらないから、休日も出勤し、それでも上司からは「トロ臭い奴」と言われた。

わざと残業して生活費を稼いでいると叱責され、残業を減らすように言われたので、それからはサービス残業をせざるを得なかった。

何しろ仕事が終わらないのだ。疋田に言ったが、

「そんなにたくさん、仕事を振ってるつもりはないけどな」

と言われたし、実際に彼が手伝ってくれると、あっという間に終わった。自分がトロいのだ。仕事ができないから、残業になってしまうのだ。

苑は自分なりに、仕事を効率化しようと苦心した。

資料作りも、自動で表計算できる簡単なプログラムを作ったり、テンプレートを作ったりと模索したが、それで少し仕事が減ると、次の作業を振られる。

「お前もちょっとは仕事ができるようになったし、これでもう少し、いろいろ任せられるな」

疋田に笑顔でそう言われれば、ああやっと自分も一人前に近づいてきたんだなと嬉しくなった。

それから時が経ち、入社二年目になって、前より少しだけ周りが見えるようになった。

土日の休みもほとんどなく、睡眠時間も削られてボロボロだったが、このままではいつまで経っても開発部に行ける気がしない。

それに、この先も残業地獄が続くのかと思うと、いくら疋田が好きでも心が折れてしまいそうだった。

そんな時、社内コンペのニュースを見て、これに応募することを思いついた。

毎年、社内で商品企画のコンペが行われる。部署を問わず、個人でもチームで参加してもいい。社長をはじめ役員たちがすべての応募に目を通し、企画開発部の社員とで、商品化する案を決めるのだ。

選ばれた企画は、商品化するまで企画者が参加できるし、実際にそれで企画開発部に異動になった社員もいる。

コンペといっても人前で発表することはなく、書類だけだというので、引っ込み思案な苑にもできそうだった。

苑は仕事の合間を縫って、コンペに出す企画書作りに励んだ。

最初は誰にも言わなかった。同じ課の人に知られたら、まともに仕事もできないくせにと言われそうだったからだ。

疋田にも、なんとなく言わない方がいい気がした。その時点で本当は、苑も違和感を覚えていたのだ。ただ、現実から目を背けていた。

けれど途中で、どうしてもわからないことがあって、流通部の同期に話を聞きに行った。

たぶん、そこから疋田に知られたのだと思う。

「コンペに出すんだって?」

反対されると思った。ごまかしきれずにそうだと答えると、疋田もコンペに応募するつもりなのだという。

「毎年応募してるんだ。俺、企画開発部を志望してたから。けどなかなか通らないんだよな。苑も、何度も応募するくらいの気概でやれよ」

お互い頑張ろうぜと言われて、ホッと胸を撫で下ろした。それからまた、疋田は仕事を手伝ってくれるようになった。

「早く仕事が終われば、その分企画書にかかれるだろ」

だから手伝ってやる。そう言われて、なんていい人だと感激した。もしかして仕事を押しつけられているかも、なんて疑って申し訳なかった。

仕事終わりに飲みにも出かけて、そこでお互いの企画について語り合った。疋田からアドバイスをもらい、苑も疋田のアイデアに意見することもあった。

そうして無事に企画書は出来上がった。社内サイトから、コンペの企画書データを送信すれば、応募完了だ。

送信する時、ちょっとしたアクシデントが起こった。

締め切り当日、疋田に言われて、期限の午後五時ギリギリまで企画書に添付する資料を見直していた。誤字脱字があると、それだけでうるさい役員からはねられるというのだ。

後は企画書をアップロードするだけ、というところで、例の上司に呼ばれた。もう締め切りギリギリの時間だ。送るのは一瞬だが、慌ててアップして間違ったデータを送ったら困る。

その時、隣の席で同じく自分の企画書を確認していた疋田が、またもや救いの手を差し伸べてくれた。

「俺がアップロードしておくよ。お前のパソコン、ログインしてるな？　データの入ってるフォルダはローカルのこれ？　わかった。大丈夫、きっちり送っておくから」

疋田に頼み、上司のもとへ行って、またどうでもいい件でネチネチいびられ、戻ってくると無事に送信は終わっていた。

ここまで助けてくれた疋田に、深く感謝した。これからも疋田についていこうと思った。

コンペの発表を見るまでは。

コンペで選ばれたのは、疋田が出した企画だった。

数年越しの快挙に本人は大喜びで、苑もそのニュースを聞いた時は、心から喜んだ。

しかし、詳細が掲示されたコンペのサイトを見て、愕然（がくぜん）とする。

疋田が提出したという企画は、苑の企画だったからだ。慌てて自分が提出したとされる企画を確認する。選外の企画書は、サイトにはタイトルしか記載されていなかったが、確かに疋田の企画内容と合致していた。

そんな馬鹿な。いや、疋田が送信時に間違えたのかもしれない。

でも大丈夫。こちらにはちゃんと自分のアイデアだという証拠がある。ローカルフォルダ、苑のパソコンの中に、元データを保存しているのだ。誰でも見られる社内サーバーにはアップしていないから、データを差し替えられることもない。……苑のIDとパスワードでログインしない限りは。

急いでローカルフォルダを確認し、言葉を失った。そこにあったはずの苑のデータはそっくり消え、代わりに疋田が作ったと思われる企画書のデータがあった。

ファイルの名前のつけ方も、フォルダの分け方も苑のやり方と違う。細かい話だし、癖のようなものだから他人には伝わりにくいが、自分にはわかる。

背中を嫌な汗が伝った。心臓がバクバクした。

これは、うっかりミスなどではない。疋田が故意にデータを入れ替えたのだ。

応募データを送信したあの時かもしれないし、疋田の席は苑の隣、パソコンをログインしたまま離席することもあるから、データの保存場所さえわかれば別の日でも可能だった。たとえ周りに人がいようと、いつも一緒に仕事をしている二人である。ほんの一時、疋田が苑の席に座ってパソコンをいじったところで、注意する者などいないだろう。

他人に訴えても無駄だ。入れ替えられたデータは、企画書の氏名欄もきっちり苑の名前に書き換えられていた。

すぐにでも疋田を問い質したかったが、彼は苑を避けるようにしていて、二人きりになる時間がなかった。

ほどなくして、疋田が結婚するという話を聞かされた。コンペで選ばれた時と同じく、彼の周りには人だかりができていて、みんなが疋田を祝福していた。

疋田のお相手はマーケティング部の同期の女性で、去年から付き合っていたのだとか。苑に「付き合っちゃおうか」などと言った時、すでに彼女と交際していたことになる。

その事実を知って、苑はようやく、それまで目を背けていた現実に向き合った。もうごまかすことはできなかった。

苑が毎日遅くまで残業しても仕事が終わらなかったのは、疋田の分も作業を押しつけられていたからだ。

薄々気づいていた。苑が作った資料を、疋田がさも自分で作成したかのように会議でプレゼンし、評価を得ていたことも。

苑に仕事を押しつけた分、彼はさらに精力的に仕事をすることができたし、定時に上がって飲みに行くこともできた。

疋田は仕事が早く要領もよく、有能な男。対して苑は、いつまでもグズグズと仕事のできない奴、というレッテルを部内で貼られていた。

本当は、わかっていた。でも気づかないふりをしていた。

疋田だけが苑に優しかった。彼を敵に回したら、自分はまた仕事を与えられず、右往左往することになる。

それでも、あのコンペの企画は自分のアイデアだ。一言、言わなくては。

そんな苑の気持ちを見越したのだろう。結婚発表にみんなが祝福する中、疋田は自分を取り囲む人々の輪から抜け出し、苑に近づいた。

「結婚式、苑も来てくれるよな」

にっこり笑う疋田は屈託がなく、周りも仲のいい先輩と後輩に温かな目を向けている。

「コンペは残念だったけど、来年も頑張ろうぜ。俺もまた手伝うからさ」

しどろもどろにお祝いを言う苑に、疋田は周りに聞こえるよう、大きな声で言った。

苑は言葉を失った。そして絶望する。

ああ、この人はこういう人なのだ。うわべだけは親切ごかしに近づいて、苑みたいに弱くて言い返せない人間を利用する。

きっと、苑が何を言ったって周りは信じないだろう。疋田の腰ぎんちゃくみたいにくっついて仕事をするうちに、苑は以前にも増して営業部内で浮いていた。

疋田がいなければ、この会社に苑の居場所はない。そして彼のそばにいる限り、自分はこの先もずっと搾取（さくしゅ）され続ける。

その現実に気づいた時、心が折れた。もう頑張れない。頑張る理由がない。

退職届を出すと、すぐに受理された。上司は苑のことを、疋田の金魚のフン、一人で何もできない奴だと断じた。

疋田からは少しは引き留められるかと思ったが、辞める旨を直接伝えると、返ってきたのは「あっそ」だった。

「もっと根性のある奴だと思ったのになあ。さんざん仕事を教えてやったのに」

ブツブツ文句を言って、それから辞めるまでの一か月、変わらず仕事を押しつけられた。死ぬほど残業したわりに、貯金は増えなかった。ほとんどサービス残業だったからだ。仕事を探す暇もなかったから、辞めた後にどうすればいいのかわからない。

自分でも馬鹿だったと思う。

仕事を押しつけられて最初におかしいと思った時、誰かに言うべきだった。そもそも上司が指示を出してくれなかった新人の時に、声を上げていればよかったのだ。

後になって、ああすればよかった、もっと自分がしっかりしていればこんなことにならなかったのに、という思いが溢(あふ)れてくる。

こうなったのは、半分は自分自身のせいなのだ。

苑は今も、悔しさと後悔に苛まれている。

夢の中で、モップ犬が踊っていた。

苑が子供の頃に好きだった、まぼろし食堂のモフおじさんだ。

モフおじさんの経営するまぼろし食堂は、困ったり迷ったりしている子供の前に現れる。居酒屋みたいなカウンターだけの店で、美味しい料理を振る舞われ、子供たちはモフおじさんに自分の抱えている問題を打ち明ける。

モフおじさんは、ふんふんと耳を傾けるだけだ。ああしろ、こうしろとは言わない。やがてお腹がいっぱいになった子供たちは、いつの間にか眠ってしまい、気づくと元の世界に戻っている。

子供が抱える問題はそれぞれで、答えの出ないものもあるけれど、美味しいご飯を食べてモフ犬に悩みを打ち明けた子供たちは、決まってすっきりして、おのずと問題が解決したり、気持ちが前向きになったりした。

だから苑も子供の頃は、モフおじさんが現れないかなと願っていた。誰にも、家族にも打ち明けられない問題を、おじさんに聞いてもらいたかったのである。

「女の子が好きになれないんです。それが子供の頃から負い目だった。うち、姉さん二人は結婚して家を出ちゃったし、男は俺だけだから」

夢の中で苑が相談すると、モフおじさんはふんふん、とうなずいた。

「自分が家を継がなきゃ、と思ったわけだ」

「そうなんです」

別に、名家とかそんなんじゃなかった。ごく普通の家だ。ちょっとせっかちな母とのんびりした父、やっぱりのんびりおっとりした祖母。それにしっかり者の姉が二人。結婚しろとか、孫の顔が見たいとか言われたことはない。たまに母が、彼女いないの？なんて聞いてくることはあったが、それだけだ。

でも苑は、自分が女の子を好きになれないことに一抹の不安を感じていた。このままぼんやりして、結婚できなかったらどうしよう。

だから、ちゃんとしなきゃと思って、大学も就職を第一に考えて進路を決めた。でも結局、男を好きになってしまった。しかも顔だけのとんだクズ男を。

「よく考えたら、そんなにイケメンでもなかったです」

目の前の男の方が、よっぽど美形だ。言うと、男は「嬉しいね」と、小さな子を見るような慈愛の眼差しで微笑んだ。

モフおじさんは、いつの間にかイケメンおじさんに変わっていた。

無精ひげを生やしているし、なぜか裸だけど、それを差し引いても見惚(みと)れるような美男子である。

「おじさん……」

「うん、おじさんだよ。はい、もう寝なさい」

ぽんぽん、と肩を叩かれ、布団を引き上げられる。モフおじさんは、イケメンになっても優しい。苑は安心して眠った。

そして次に目を覚ますと、そこには見知らぬ天井があって、隣には見知らぬ男が眠っていた。

「ひぃっ？　やあっ」

寝起きでちょっとの間ぼんやりした後、叫んで跳ねるように起きた。

布団の中に、知らない男がいる。それもとびきり美形な。

年齢は三十代くらい。見たことがない顔だから、たぶん芸能人なんかではないだろう。ちょっと癖のある黒い髪がさらりと額にこぼれ、薄っすらと無精ひげが浮いていたが、それでも美しい。

それから、跳ね起きた自分が裸なのに気づく。男も同様だ。苑はかろうじてパンツを穿いていたが、相手の下半身は布団に隠れてわからなかった。

それでもって、見知らぬ部屋にいる。

（なんだ。どういうこと）

苑は軽いパニックになった。この部屋で眠る前の記憶がない。

古い和室だった。足元に襖、枕元に障子があり、障子からは明るい日差しが差し込んでいる。壁際にベッドが置かれ、苑は壁と、横向きに寝る男に挟まれるようにして寝ていた。

どうやってベッドから出たものか、おたおたしていると、男が眉根を寄せて呻いた。

「ん……」

マッチ棒が何本も乗りそうな長いまつげが、不意にぱちっと開かれる。切れ長で眼力のある瞳がじっとこちらを凝視したかと思うと、

「あ、苑ちゃん」

目つきとはちぐはぐな、寝ぼけた声が言った。

なぜ名前を知っているのか。そういえば、昨夜もそんなことを思った気がする。

「おはよう。少しは眠れた？」

甘い笑みを浮かべるので、ドキドキしてしまう。

見惚れていると、男は「よっ」とかけ声をかけて起き上がった。布団が滑り落ち、逞しい半裸が露わになる。

均整の取れた筋肉質の肢体に、どこか見おぼえがあった。

「あ、昨日の……」

思い出した。食堂のカウンターにいた、鼻メガネの半裸……いや、全裸男だ。

こんなに美形だったのか。苑が息を呑んでいると、男はふふっと笑った。

「思い出した？」

艶っぽい笑みを向け、ベッドから出る。男は全裸だった。

「わっ」

「おっと、失礼。えーっと、パンツパンツ」

苑が声を上げると、男はつぶやきながら古い箪笥(たんす)に向かった。見ないようにしていたが、ついちらっと見てしまう。キュッと引き締まった尻が見えて、慌てて目を逸らした。

「ちょっと待ってね。苑ちゃんの着替えも今、持ってくるから」

男はこちらを気遣いながら、箪笥から下着を取り出して穿いている。ということは、ここは男の部屋なのだ。

ひょっとしてここは、昨夜、食堂の後ろに見えた、あの木造住宅だろうか。苑がそんなことを考えている間に、全裸だった美男子は長袖の黒いシャツとジーンズに着替えていた。

「あの、昨日は……」

尋ねようとした時、部屋の外で男の声がした。

「コンコン。セイさん、まだ寝てる?」

襖なので、声でノックをしたらしい。ちょっと可愛らしい。

「起きてるよ。あ、もう時間か」

美男子が気づいたように壁の時計を見る。針は十二時を指していた。

「失礼するわね」

という声と共に、襖が開いた。現れたのは、スキンヘッドに厳つい髭面の、プロレスラーみたいな男性だった。

「あらやだ。お邪魔しちゃってごめんなさい！」

スキンヘッドはベッドの端で上掛けを握りしめる苑を見るなり、口元を押さえながら叫んだ。見てはいけないものを見た、というように、くるりと後ろを向く。

苑も、見られてはいけないものを見られた気がして、うろたえた。

「あ、大丈夫。そういうんじゃないから。客用の布団敷くのが面倒で、一緒に寝ただけ」

狼狽する二人に、美男子がおっとり口を挟む。

「彼、苑ちゃん。昨日、道に迷ってるところを、キジえもんに連れてこられたんだって。苑ちゃん、こっちはうちの住人のボビー君。といっても、今日引っ越すんだけど」

端的な紹介に苑はますます混乱したが、ボビーと呼ばれたスキンヘッドはそこでなぜか、緊張を解いた。

「そう……。そうなの。きっちゃんが」

何かに納得した様子で、まじまじと苑を見つめる。その目には、感動の色があった。

「私が引っ越す日に来るなんて。やっぱりここは、なんだか不思議ね。苑ちゃん、今日はここでお別れだけど、また遊びに来るから。今後ともよろしくね」

言って、初対面とは思えないほど親しみのこもった微笑みを向ける。

苑はかろうじて挨拶を返したが、まったく事情が呑み込めなかった。でもボビーは、それさえ当然というように微笑みを深くする。

「それじゃあセイさん。仕事明けに慌ただしくてごめんなさいね」

「いやこちらこそ。っていうか、仕事は早めに終わったんだけどね。その後、飲みすぎちゃって。とにかく行こうか。もう荷物は運び終わっちゃった？」

「残り少なかったしね。スティーブの車にぜんぶ積めたわ。あとは最後の挨拶だけ」

「じゃあ急がなきゃ」

美男子ことセイさんは言って、部屋を出ようとする。

「あ、苑ちゃん。もう少しだけここで待っててくれる？　それと、服……服ね。まだ乾いてないんだ。これ着てて。大きいけど。ボビーを見送って、そしたら戻ってくるから」

すんでのところで気づき、箪笥からトレーナーを取り出して苑に渡した。下はない。しかし先を急いでいるようなので、ここはうなずくしかなかった。

「苑ちゃん、またね」

ボビーが親しげに手を振るのに、意味がわからないまま頭を下げる。

二人は慌ただしく去っていき、足音が遠ざかった後、人々の別れを惜しむ声が聞こえた。

玄関はここから遠くないようで、複数の声がわりとよく聞こえる。

――じゃあまたね、今までありがとう。また送別会やろうね。もう何度もやったけど。

——スティーブと喧嘩(けんか)したら、すぐ戻ってきなよ。

人々の声は、別れを惜しむというより、浮かれていて楽しそうだった。

苑はセイさんが貸してくれたトレーナーを着ながら、ちょっぴり羨ましくなる。

そしてトレーナーは、苑にはぶかぶかだった。袖が長くて手が出ない。丈も、苑の下着が隠れるくらい長い。

(それにしてもここ、どこなんだろ)

そろそろとベッドを下りて、枕元の障子を開けてみる。

障子の向こうは縁側になっていた。左右に延びた廊下には同じように障子の部屋が三つほどある。

そのうちの一つ、わずかに開いた障子の隙間から、不意にするりと、音もなく猫が現れた。

昨日の猫だ。

「えっと、もしかして……キジえもん、さん?」

確かそんな名前だっけ。苑が呼ぶと、

「ニャーッ」

猫は高い声で返事をした。

「苑ちゃん、お待たせ。お昼にしようか」

ボビーとの別れを終えて戻ってくるなり、セイさんが言った。

苑からすればお昼より何より、この状況を知りたかったのだが、それを尋ねる前にお腹がググっと鳴った。

セイさんがくすりと笑うので、恥ずかしくなる。

「昼ご飯の支度をする間に、シャワーを浴びておいでよ。昨日は吐いてそのまま寝ちゃったから、気持ち悪いでしょう」

「ええっ、俺、吐いたんですか」

「そうだよ。覚えてない？」

まったく覚えていない。人様のお宅でなんということを。

思わず青ざめたが、美男子はおっとり微笑んだ。おまけに箪笥の中を探して、スウェットのズボンとバスタオルを苑に貸してくれた。

「そんな顔しないで。大丈夫。苑ちゃん、ちゃんと自分でトイレに行って吐いたからね。汚したのは自分の服だけ」

それにしたって迷惑ではないか。おまけに泊めてもらうなんて。苑は深く頭を下げた。

「本当に申し訳ありません。ご迷惑をおかけしました」

「いやいや、気にしなくていいよ。まあとにかく、シャワー浴びて、さっぱりしてきたら。それでお昼を食べて、話はそれから。その頃にはシャツもスーツも乾いてると思うから」

そう言いながら、部屋を出て風呂場まで案内し、さらに新品の歯ブラシまで出してくれた。

「ゆっくり入っておいで。この廊下の突き当たりの部屋が食堂。お風呂から上がったら、こっちに来てね」

最後に優しく微笑んで、美男子は去っていく。どこまで親切なんだろう。人の優しさから長らく遠ざかっていた苑は、心が震えた。

せっかくここまで言ってくれたのだ。親切に甘えて、シャワーを借りることにする。

さっきの和室も廊下も年季が入っていたが、脱衣所と風呂場はリフォームしたのか、比較的新しかった。

熱いシャワーを浴びると、ようやく人心地つく。風呂場を出ると、ふんわり鶏ガラスープのいい匂いが脱衣所にまで漂っていた。

昨晩はどれだけ飲んで、いつ寝たのだろう。そしてここはどこなのか。美男子の名前すら聞かずじまいだった。

脱衣所を出ると、言われたとおり、突き当たりの食堂に移動した。

風呂場も一般家庭にしては大きかったが、こちらもかなりの広さである。六人掛けの大きなテーブルを置いてもまだ、がらんとしている。食堂の奥に間続きの台所があり、美男子はガス台の前に立っていた。苑に気づいて振り返る。

「テーブルは、どっちか好きな方にかけて。喉が渇いてたら、そのお茶を飲んでね」

彼があごで示したテーブルには、お箸とレンゲ、それに日本茶が二人分、向かい合わせにセッティングされていた。

苑が手前の席に座ると、男がお盆を運んでくる。テーブルの真ん中にお粥（かゆ）の入った土鍋をどん、と置いた。

「おかわりがあるから、食べられたら食べて」

白磁のお碗（わん）に鍋のお粥をよそいながら、美男子は言う。さらにザーサイを盛った小皿まで出してくれた。

「ザーサイ、苑ちゃん好きなんだよね」

「えっ」

なぜそれを知っているのか。びっくりしていると、相手も「えっ」と驚いた。

「あれ？　昨日、中華粥が食べたいって言ったの、覚えてない？」

「ええっ」

まったく覚えていなかった。するとこれは、苑がリクエストしたものなのか。

なんてド厚かましい。酔っていたとはいえ、恥ずかしくて死にたくなった。

「すみません。俺、酔っていて、途中から何も覚えてないんです。あの、お名前も存じ上げなくて……すみません」

本当にすみません。何度も謝った。男はぱちぱち瞬きしながら苑の謝罪を聞いていたが、

「なるほど。それはさぞ、びっくりしたでしょう」

鷹揚に言った。

「じゃあまあ、詳しくは食べてから話そうか。あ、ちなみに俺は、伊波青洲といいます。年は苑ちゃんの十四歳上です。みんなセイさんて呼ぶよ」

と、いうことは三十八歳。そして苑は、彼に名前だけでなく年齢も教えていたらしい。

「セイ……青洲、さん」

セイさん、なんて馴れ馴れしく呼べなくて、かろうじて名前で呼ぶ。すると青洲は、ふっと笑った。

「昨日と同じ反応だ」

「すみません」

「ふふ、いいよ。さあ、冷めないうちに食べて」

楽しそうに言って、青洲は食事を勧める。苑はレンゲを取った。

「……美味しい」

一口食べて、思わずつぶやく。ただの白粥なのに、旨味がしっかりしていて、塩気が薄くても物足りなさがない。上からかけられたごま油と小葱の、こってり&爽やかな風味が入り混じり、二日酔いの気だるい身体に滋養が行き渡るようだ。

「出汁巻き卵も美味しかったけど、これもすごく美味しいです」

「よかった。料理を褒められると嬉しいな」

青洲は本当に嬉しそうに言って、自分もレンゲを取った。お粥を食べるだけの動作が、流れるようで美しい。

昨日は鼻メガネなんぞかけて、おまけにやっぱりアフロはヅラだった。裸エプロンの変態だと思っていたが、今こうして見ると、どんな動作も綺麗だし上品だ。

いったい、何者なのだろう。

気になるが、それはそれとしてお粥が美味しい。途中でザーサイを挟むとさらに食欲が増す。最初は控えめにゆっくり食べていたが、結局二回もおかわりした。

「ご馳走様でした」

お椀を空にして一息つくと、青洲が温めのほうじ茶を淹れてくれた。

美しくて貴族的で、縦の物を横にもしなそうな見た目なのに、お母さんみたいに甲斐甲斐しい。

「苑ちゃんは、昨日のことどこまで覚えてるの？　出汁巻き卵は覚えてるんだよね」

苑が落ち着いたのを見て、青洲が水を向ける。

「は、はい。その後、おかわりをもらって、いっぱい飲み食いして、愚痴をこぼしたようなことは覚えてるんですが。自分が名乗ったことも記憶になくて。……あ、名乗ったんですよね」

「うん。君は苑ちゃんね。小路苑ちゃん。社会人二年目で、二十四歳」

「はい」

「玩具メーカーのA社勤務だったけど、昨日退職した。ちなみに次の仕事は決まってない」

「あ、そんなことも」

「上司のパワハラに困り、先輩に仕事を押しつけられてサービス残業して、おかしいと思っても先輩の詐欺みたいな色じかけで黙らされて、挙句にコンペの企画を盗まれた。その先輩はマーケティング部の彼女と婚約。君は泣き寝入り」

「そ……そんなことまで？」

話してしまったのか。愚痴った上にカミングアウトまでしていたと聞かされ、どうにも身の置き所がなかった。

「大変だったね」

青洲は真面目な声で言った。ことさら同情するでもなく、ただ労わるような口調だ。

「この先、アパートの更新があるんでしょ？　奨学金の残りと更新料払ったら、貯金が尽きそうだって」

「はい……」

もう、話してないことなどないのではないか。苑は自分に呆れて俯く。青洲が、ははっと明るく笑った。

「その様子だと、うちに引っ越すって言ったことも覚えてないね」

「ええっ」

まったく覚えていない。

「引っ越すって……え、こちらのお宅に？」

「お宅っていうか下宿屋なんだよ、ここ。食堂と兼業の。で、大家は俺」

自分の胸を指で示して、青洲は言う。次から次に、身に覚えのない約束を告げられ、じわじわと不安が募った。

青洲の営む下宿屋は、正式名称を『コーポ・ニュー島原』という。ただし、誰もその名では呼んでいない。「下宿屋」とか、「うち」と呼ぶそうだ。

最寄り駅までは歩いて十五分ほど。駅前に小さな商店街がある、ごく普通の住宅街だ。ただし、この下宿屋の周りだけは雑木林に囲まれ、外界から隔絶された雰囲気がある。雑木林は、隣接する大学の私有地なのだそうだ。苑でも知っている有名な国立工業大学で、下宿屋は大学のキャンパスにぐるりと周りを囲まれている。

変わった立地だが、この下宿屋のもともとの持ち主が大地主で、半端な雑木林を持て余し、昭和の中頃に大学へ土地を寄付して今の形になったらしい。

キャンパスとの間にはフェンスで境界が敷かれているが、校舎から遠くて学生も滅多に近づかない。

それでこの下宿屋と食堂は、都内のぽつんと一軒家みたいになっているのだった。

「そこの大学院生も、下宿人の一人なんだ。今は研究室にいて、あまり帰ってこないけど」

青洲が車の後部座席に身を預けながら、のんびり言った。苑は青洲の隣できっちり膝を揃え、「そうなんですか」と相槌を打つ。

なんだか、えらいことになった。

苑と青洲は今、もう一人の助っ人が運転するワゴン車に乗り、苑のアパートに向かっている。アパートを引き払い、下宿屋に引っ越すためだ。

ついさっきまで、お粥を食べていたはずなのに。

（本当に、これでいいのかな）

最終的に引っ越しを決めたのは苑だけど、あまりにも急な展開で戸惑っている。

ちょっと早まったかもしれない、という思いが五分に一回くらい頭をもたげて、「やっぱりやめます」と、言いかけては口をつぐんでいる。

結局やめますと言えずにいるのは、背に腹は代えられないというか、先立つものがないというか。

青洲の提示した下宿屋の条件が、あまりに破格で苑にとって都合のいいものだったからだ。

『苑ちゃん、昨日は食い気味に「ここに下宿します」って言ってたんだよ』

お粥を食べながら、青洲が昨夜のことを説明してくれた。

昨日は酔って話をするうちに、だんだんと苑の身の上話に発展したのだそうだ。

上司からパワハラを受け、先輩に騙（だま）され、会社を辞めたこと。次の仕事は決まっておらず、奨学金の残りとアパートの更新料で貯金が底を尽きそうなこと。

ならここに住みなよ、と、青洲たちは言ったらしい。

当面、仕事が決まるまで家賃は無料。三食賄いも出すという。

そんなうまい話があるのか。とてつもなく胡散臭（うさんくさ）い。

しかし酔っ払いの苑は、ここに置いてください、アパートはすぐ引き払います、と、勢いよく宣言したというのだ。

『まあ、怪しむのは無理もないけどさ。とりあえず引っ越してみたら？　そしたら更新料も浮くし。ボビーが引っ越して、一番日当たりのいい二階の部屋が空いたんだ。これも縁だと思って』

ね、と、青洲が優しく甘く微笑む。

この飛び抜けた美形と一つ屋根の下で暮らす。結局、それが決め手になった気がする。男の微笑みにポーッとなって、気づいたらうなずいていた。

『じゃあ、善は急げだ』

青洲は相変わらずおっとり言って、さっそく引っ越しをすることが決まった。今日、できるところまで作業をやっちゃおう、とのことである。

いくらなんでも急ぎすぎでは……と、そこでようやく我に返ったが、口にできなかった。この話を断ったら、アパートの更新料を払わなければならない。それで貯金はすっからかんだ。たとえ胡散臭かろうと、当面の家賃がタダで三食賄いつき、という下宿屋は魅力的だった。それに何より、青洲がかっこいい。

それで今、ワゴン車で苑のアパートに向かっている。

「苑ちゃん。この先の信号を左折でいいかな」

運転席にいた男が、不意に口を開いた。苑は慌てて前を見る。

「はい。曲がったら、ずっとまっすぐです」

青洲が声をかけて連れてきた、引っ越しの助っ人である。昨日、食堂にいた、ザビエル頭のおじさんだった。

名前は知多肇という。下宿屋の住人で、仕事は「いちおうプログラマー」だそうだ。いちおうって、どういう意味だろう。

でも知多も青洲と同様、おっとりしていて、今日これから引っ越しをする、と青洲が告げた時にはさすがに驚いていたが、手伝いに駆り出されても嫌な顔一つしなかった。

二人とも、悪い人には見えない。もっとも、疋田に騙されたくらいだから、苑の人を見る目なんてあてにならないけれど。

まあしかし、また騙されたらその時はその時だ。やけっぱちな気持ちもあって、苑は最後まで「やっぱやめます」とは言わなかった。

今日はとりあえず、運べるだけ荷物を運んで、大きいものはまた後日。

苑のアパートに着く前、そんな算段を話し合っていたのだが、引っ越しはその日のうちに終わってしまった。それも、あっという間に。

苑のアパートは狭くて、しかも物が極端に少なかった。布団や服を車に積み、さっと掃除をして、いらないものをゴミ袋に詰め、仲介している不動産会社に「月末で退去します」と電話を一本かけ、それで作業はおしまいだった。

冷蔵庫と洗濯機だけは後日、回収業者を手配して持っていってもらうことにした。

「苑ちゃん、本当に忙しかったんだね」

帰り道、運転をバトンタッチした青洲が、しみじみ言う。

青洲も知多も、かなりの力仕事を覚悟していたらしい。あまりの荷物の少なさに、拍子抜けしていた。

テレビも電子レンジも、トースターもない。食器は最低限。包丁もまな板も、フライパン一つ持っていなかった。冷蔵庫に入っていたのは醬油だけ。

最初は、一通り買い揃えようと思っていた。でも入社した頃は仕事に慣れるのに一生懸命だったし、その後は精神的にも肉体的にも辛くなって、自宅には帰って寝るだけだった。

でも改めて振り返ってみると、ちょっと異常だったかもしれない。

二年近く住んだ部屋には、何もなかった。何もないことにさえ気づいていなかった。

「家には、帰って寝るだけだったので」

「大変だったねえ。よく我慢したよ」

知多も言って、嘆息する。

「でも、二年も働いてませんし」

仕事三年、と、父が言っていた。一人暮らしをする苑に、辛いこともあるだろうけど、三年いたら誰でもそこそこ仕事ができるようになるから、頑張るんだよと励ましたのだ。三年も我慢できなかった。新卒で二年にも満たず辞めたなんて、次の就職でも根性のない奴だと思われるだろう。

雇用保険が支給されるのも三か月間だけで、それまでに仕事を決めなければならない。アパートの更新料が浮いたとはいえ、そう楽観はできない。先にアルバイトを探した方がいいだろうか。

「苑ちゃんは、真面目で頑張り屋さんなんだね」

青洲が前を見ながら、言った。

「そういう人には、うちの下宿屋はうってつけだと思うよ」

どういう意味だろう。よくわからなかったが、聞くのも怖い気がして、黙っていた。

下宿屋に戻ると、二階の角部屋に荷物を運び入れた。

ボビーが使っていたというその部屋は、彼が丁寧に掃除をしていってくれたので、すぐそのまま使えた。

手伝ってくれた青洲と知多に礼を言い、運び入れた荷物を片づける。めぼしいものは布団と衣類だけで、押し入れにぜんぶ収まった。

（今日から、本当にここに住むのか）

あれよあれよという間に物事が動いていって、まだ自分がここに住むということが信じられない。

二階建ての下宿屋はなんと築九十年。戦前の建物をあちこち補修しながら今日まで使っている。台所は二十年前、風呂とトイレは十年前にリフォームしたそうで、そこまで使い勝手は悪くなさそうだ。Ｗｉ－Ｆｉも完備されている。

（これから俺、どうなるんだろ）

青洲が悪い人で、騙されているかもしれない、という疑いは払しょくできない。かといってもう、逃げるという選択肢もない。

あるのはワゴン車一台分にも満たない荷物と、少しの貯金だけ。この先を考えると不安ばかり募る。でも、青洲の綺麗な微笑みと彼の作る料理の味を思い出すと、その不安もわずかに和らいだ。

（畳、気持ちいい）

片づけを終えるとすることがなくて、ちょっとだけ休もう、と、畳の上に横になる。気持ちいい。ボビーは本当に丁寧に掃除をしていったようで、部屋には塵一つ落ちておらず、畳はほんのりい草の香りが立っていた。

「……苑ちゃん。晩ご飯できたけど、食べない？」

ちょっとだけ目をつぶったつもりだった。

声がして、ぱかっと目を開けたら、辺りが薄暗くてびっくりする。ちょっとのつもりが、ぐっすり眠ってしまっていたらしい。

慌てて飛び起き、部屋の襖を開く。青洲が立っていて、出てきた苑を見てくすっと笑った。

「寝てた？」

「は……あ、すみません」

「疲れてたんでしょう。荷物は片づいた？　押し入れに収まらないようなら、下に物置があるからね」

痒い所に手が届く。青洲は優しい。優しすぎて怖くなる。

「あの……」

不安を口にしようとしたが、何を尋ねていいのかわからなかった。言いかけて口をつぐんだ苑を、青洲はやや首を傾けて見下ろす。

「不安？」

切れ長の瞳が、こちらの心の内までも見透かすように覗き込んだので、どきりとした。

「不安だよね。ごめんね、こんなふうに強引に連れてきたりして。でも絶対、苑ちゃんの悪いようにはしないから」

青洲の言葉が真実だと裏づけるものは、何もない。しかし、その瞳は曇りなく真剣で、苑は返事も忘れて見惚れてしまった。

「昨日ね、苑ちゃんが来てくれて、嬉しかったんだ。運命ってあるかもしれないと思った」

運命なんて、大袈裟（おおげさ）で陳腐な言葉だ。なのに笑えない。

「運命……？」

どういう意味だろう。でも青洲はそれには答えてくれなくて、代わりににっこり微笑んだ。

「ご飯ができたんで呼びに来たんだ。食べられる？」

聞かれて、お腹が空いていることに気がついた。かすかに美味しそうな匂いがして、いっそう空腹を感じる。

こくこくうなずくと、青洲は「じゃあおいで」と柔らかく言って、踵（きびす）を返す。

二人で食堂に降りると、知多の他にもう一人、初めて見る青年が席についていた。

「彼が昼にちらっと話した、隣の大学の院生。苑ちゃんの一つ……二つ上かな？　いつもいないことの方が多いんだけどね。新しく人が入ったって言ったら帰ってきた」

「根室陽太（ねむろようた）です。いや、今日は帰ってくるつもりだったんですよ。ボビーさんの見送りもしたかったし。そっちは間に合わなかったけど」

言いながら、よろしく、と苑に挨拶する。やや痩せぎす、切れ長の細い目をして、少し目の間が離れている。他に取り立てて特徴があるわけでもないのに、苑は以前、どこかで彼に会ったことがあるような気がした。

よく似た人を知っている気がする。誰だろうと記憶を巡らせて、チベット・スナギツネを思い出した。人間ではなかった。

失礼な感想は胸にしまい、よろしくお願いしますと頭を下げる。

「今日はあの、引っ越しまで手伝っていただいて、ありがとうございました」

「なるほど、新人さんぽいですね」

根室が納得したようにうなずく。知多が「でしょ」とすかさず応じた。

「僕なんか、新人の頃が昔すぎて思い出せないけど、根室君も確か、こんな感じだったよね」

「こっちが頼まないのにみんながあれこれしてくれるんで、恐縮しちゃうんですよね。逆に不安になるんです。あの、俺は数年前まで家賃タダでここに住んでましたて」

最後の根室の言葉は、苑に向かっての説明だ。

「今も格安の家賃で住んでます。でも家賃無料に賄いつきなんて、胡散臭すぎるでしょ。俺、ここに住み始めて一年くらい、貧困ビジネスか何かかなって警戒してましたから」

やっぱり誰でも、胡散臭く思うのだ。そして家賃タダで住んでいたのは、苑だけではなかった。それでは知多も、そうなのだろうか。

いよいよもって、この下宿屋がどういうところなのかわからなくなる。

「あ、その辺はまだ、詳しく苑ちゃんに話してないんだよね。でもまあ、まずは食事にしようよ」

青洲が言うと、知多と根室が呆れた顔になった。

「ええ」

「そこはちゃんと説明しましょうよ。怖すぎるでしょ」

二人が口々にツッコむが、青洲は「まあまあ」と笑って麦茶のコップを掲げた。

「え〜、それでは。新しい下宿人、小路苑ちゃんの入居を祝って、乾杯！」

テンションが高めの音頭に対して、知多と根室はもう何を言っても無駄だと思ったのか、平たんに「かんぱーい」と、応じる。苑も麦茶のコップを掲げて「よろしくお願いします」と頭を下げた。

食卓にはご飯とお漬物の他、多彩なおかずが大皿に盛られて並んでいた。

里芋の煮っころがしと、野菜の炒(いた)め物、野菜と肉がたっぷり入った豚汁、唐揚げに、食堂のお通しで食べた煮びたしなどなど。

「今夜の献立はなんと！　昨日の！　残り物です！」

豪華だな、と思っていたら、青洲が声高に告げた。

知多が真顔のまま「ヒューッ」と騒ぎ、根室はおざなりに「ドンドン」と合いの手を入れる。

「青洲さんの飯、久しぶりだあ」

根室は研究室の泊まり込みが多くて、このところまともな食事をしていないのだそうだ。ひょいひょいとおかずを自分の皿によそい、ものすごい勢いで食べ始めた。

「苑ちゃんも、遠慮しないでどうぞ」

言われて、苑もおかずを取る。煮びたしはほんのり温めてあって、これも美味しかった。他のおかずも全部美味しい。青洲はプロの料理人なのだろうか。

「料理はね、先代の大家さんから教わったんだ。先代はお袋さんから教わったっていうから、家庭料理だね」

苑の内心の疑問に答えるように、青洲は言った。唐揚げを頬張っていた知多が、

「でもセイさんは、趣味が高じて調理師専門学校にも通ったんだよね」

と、補足する。調理師免許も持っているのだそうだ。

「食事は希望すれば三食用意するよ。いるとかいらないとか、あらかじめ申請しておくこと。予定が変わる時は連絡してね。後で俺の連絡先を教えるから」

夕飯を食べながら、青洲が少しずつこの家のことを教えてくれた。青洲の言葉が足らない分は、知多や根室が補足をしてくれる。

「根室君は今は基本的に、食事はしてないよね。僕は生活が不規則で、夜だけ用意してもらってる。それも食べたり食べなかったり。ボビー君がいなくなったから、毎日食事をする人がいなくなっちゃったね」

「うちの住人も、入れ替わる時はガサッと入れ替わりますからね。俺が来た時は……あ、一浪して、大学に入った時なんですけど。当時は部屋が満室で、この食堂も予備の椅子出したりして、ぎゅうぎゅうでしたね」

「あの時はまだ、先代も生きてて元気だったんだよなあ」

知多が言ってから、ちらりと青洲を見る。青洲は「そうだね」とつぶやいて、自分の汁椀を見つめていた。

先代の大家さんは故人なのだ。いつ亡くなったのだろう。つい最近かもしれないと苑が思ったのは、向かいに座る青洲の表情が、ひどく寂しげに見えたからだ。

出会ってから、彼の明るい顔しか見ていないから、余計に気になった。

でもそう見えたのは一瞬で、青洲はまたすぐ、明るい表情に戻った。

苑におかわりを勧め、みんながお腹いっぱいになると、デザートに林檎（りんご）を出してくれた。

「前にいた住人が、毎年送ってくれるんだ」

林檎だけではない。過去の住人たちが折に触れて、食べ物や酒なんかを送ってきてくれるらしいのだ。

青洲が林檎に続き、やっぱり元住人からのもらいものだという一升瓶を出してきて、飲み会になった。

苑は酒に強くはないが、嫌いではない。飲みすぎないように……と、昨日の行いを反省しながら、ちびちび飲んだ。すっきりとした美味しい日本酒だった。

「あのね、苑ちゃん。ここはさ、困ったり弱ったりしてる人間が辿り着く場所なんだ」

やがて雑談の合間に、青洲が言った。

「不思議な話なんだけど。どん詰まりで、どうしようかなって思ってる時に、どこからともなく猫が現れて誘われる。昨日の苑ちゃんみたいに」

その時、絶妙のタイミングで「ニャー」と声がしたので、苑は飛び上がった。

キジえもんが廊下からするりと現れて、食堂に入ってくるところだった。

「キ、キジえもん」

「そう、彼。このキジえもんは、三代目なんだけど」

キジえもんは人間たちの前を素知らぬ顔で横切ると、冷蔵庫の脇に置かれた給餌皿に顔を突っ込み、パリパリとキャットフードを食べ始めた。

「どういうわけだか、ここの住人たちはみんな、代々のキジえもんに誘われて来た人ばかりなんだよ。俺と知多さんは、二代目のキジえもんに誘われて来た」

青洲が言い、知多がうなずく。ということは、青洲ももとは下宿人だったのだ。

「俺の時は、この三代目のきっちゃんでしたね」

と、言ったのは根室だ。

「入試の少し前に父が亡くなったんです。受験料払ってたから受験はしたけど、たとえ受かっても、ぜんぶ自力で大学行くのはしんどいなって、悩んでて。実家は遠いし。悲しいし。どうしようかなって考えてたら道に迷って、それできっちゃんに出会ったんです」

住人のみんなが猫に誘われてやってくるなんて、不思議な話だ。でも現に、苑もこうして今、ここにいる。

「金銭的なこと以外にも、悩んだり迷ったり、疲れて動けなくなったり。まあいろいろだ。家族や恋人に頼れなくて、一人でさまよってる人たちがここに来る。元気になるまでね。といっても、僕みたいに元気になってもここに住み着いてる人間もいるけど」

居心地がよくてさ、と知多は笑う。

「実際、住むところがあって、美味しい飯が食えるってだけで、だいぶ気が楽になりますよ。あと、店にとにかくいろんな人が来るんで、細かいことをくよくよ考えなくなるというか。たまにドンチャンやってうるさいですけどね」

「……まぼろし食堂、ですか」

根室の言葉に思い出した。そういえば、昨日の店、あれはいったいなんなのだろう。

「うん。あれは食堂っていうか、居酒屋？　最初は先代大家の趣味で始めたんだって。建物も、先代大家さんと当時の住人の手作りらしい」

知多の話によると、ここを巣立った住人たちが先代大家さんの食事を恋しがって、たびたび食べに来たのがきっかけだったという。

元住人たちがいつでも食べに来られるように、内輪向けの食堂を作った。彼らは入れ替わり立ち替わりやってきて、ただご飯を食べるだけではなく、酒を酌み交わすようになったのだとか。

そのうち、元住人だけでなく、店の存在を知った近所の人たちも来るようになった。

「けど、客が来たら開けるっていう形式だから。何も知らない一見さんが来ても、いつも閉まってるんだよね。それで、まぼろしみたいだねって。セイさんが『まぼろし食堂』って名づけたんだよ。ねっ」

知多が同意を求めると、青洲は控えめに「うん」とうなずいた。それから、それだけでは素っ気ないと思ったのか、苑に向かってつけ加える。

「みんな単に、『店』って呼んでるけどね」

それであの店の商売っ気がない理由がわかった。そもそも商売をする気がないのである。

いちおう、先代が営業許可を取っていて、青洲も調理師免許を持っているから、店としては法に触れていないそうだ。

「セイさんも元住人だし、先代の大家さんも、もともとはここに下宿してたんだってさ。

あと昨日、僕の隣に座ってたおじいさん、あの人もＯＢ」

フライドチキンのおじいさんだ。彼はなんと十五年もの間、家賃を払わずにここに暮らしていたという。今は妻帯して近所に住んでいるのだとか。

「そんなこと、あるんですか」

想像して震えた。十五年もタダで居候していたなんて、ものすごい強心臓だ。

「それがあるんだよねえ。あ、僕は三年で自活できるようになって、以降は家賃を納めています。格安だけど」

知多が取り成すようにつけ足した。青洲はふふっと楽しそうに笑う。

「もらえるところからもらってるから、大丈夫だよ。ここはいろんな人がふらっと迷い込んで、束の間過ごして去っていく。知多さんみたいに巣立たない人もいるし、俺みたいに出戻る人間もいる。ＯＢもみんながみんな、顔を出すわけじゃない。出ていって、それきりの人も珍しくない。でもね、それでいいんだよ」

そう言って微笑む青洲は、泰然としていて、すべてを受け入れているように見えた。

ここは不思議な場所だ。住んでいる人たちも一風変わっている。

「ちなみにここ、女人禁制ってわけじゃないんだけど。なぜか住人は男ばかりなんだよね。キジえもんが連れてくる人は、みんな男の人なんだ」

青洲が言って、「きっちゃんも、代々オスですしね」と根室が教えてくれた。

名前を呼ばれたと思ったのか、隣の居間にいたキジえもんが、またふらっと顔を出す。

にゃあ、と返事をするように鳴くので、その場のみんなが笑顔になった。

まだまだ、よくわからないことだらけだけれど、そんな情景を見て苑は、ちょっとの間ここで暮らしてみようかと、ほんの少し、前向きな気持ちになれたのだった。


ちょっとの間、ここで下宿する。

そう思っていた。

ほんの軒先を借りるだけのつもりだったのに、気づくと下宿屋に引っ越して一か月半が過ぎていた。

「今日も冷えるなあ」

朝、いつものように早い時間に起きて、寒い寒いと言いながら布団を上げる。

部屋のカーテンを開けると、まだ外も薄暗かった。

トレーナーとスウェットの上にどてらを羽織り、一階に降りる。洗面所で顔を洗い、歯を磨いて、今度は食堂から縁側に回って雨戸を開ける。

縁側は長く延びているので、何枚もある雨戸をぜんぶ開けるのは、なかなか面倒だ。

これは苑が来るまで、その日最初に起きた人の仕事だった。

最近は苑が毎朝、だいたい決まった時間に起きるので、もっぱら苑の役目になっている。

それから食堂に戻り、キジえもんの飲み水を新しいものに入れ替え、猫トイレも掃除する。たまに、トイレを掃除した途端にキジえもんがやってきて用を足したりするのだが、それも黙って片づける。

掃除が終わると、キジえもんが「早く飯よこせ」とばかりに鳴き、急いで皿にキャットフードを盛る。キジえもんのご飯は、シニア用のちょっと高いカリカリだ。彼は十一歳で、人間でいうと還暦にあたるのだとか。

猫が美味しそうにカリカリを食べるのを、少しの間眺めた後、人間も朝食を食べる。

朝ご飯は、青洲が起きていれば作ってくれるのだが、だいたい寝ているので、各自で好きな時間に勝手に食べる。

冷凍ご飯やパン、冷蔵庫には味噌汁におかずなど、豊富にストックされており、チンするだけで豪華な朝ご飯になる。

今朝はご飯と味噌汁、塩鮭にした。卯の花ときんぴらごぼうが残っていたので、それももらう。温めた朝食を盆に載せると、食堂の隣にある居間に運んだ。

中央に据えられた炬燵の電源を入れると、すぐにじんわり温まってくる。炬燵の気配を察知したキジえもんがただちに現れ、中に潜り込む。

テレビをつけ、音を小さくして朝のニュースを見ながらご飯を食べた。

隣の部屋ではたぶんまだ、青洲が寝ている。苑が最初に泊まったあの部屋だ。

昨日、青洲は「ちょっと出かけてくる」と夜に外出して、苑が起きている間は帰ってこなかった。さっき、階段を下りた時に玄関を見たら靴があったから、帰ってはいるのだろう。

根室は相変わらず大学の研究室にこもり、知多もまだ寝ている、と思う。自室でソフトウェア開発をしているという知多は、夜中までカタカタとキーボードを叩いていたり、かと思うとネット上で誰かと会話したりしている。

実はもう一人、姿を一度も見たことのない下宿人がいるのだが、彼はさすらいのカメラマンで、ほとんど海外にいるそうだ。部屋は彼の荷物置き場になっていて、たまに彼宛ての郵便物が下宿屋に届く。

一階の一番狭くて日当たりの悪い部屋は、最初の夜に苑が店で会った、フライドチキンのおじいさんが借り上げていた。夏泊(なつどまり)という名前で、中は蔵書でぎっしり埋まっている。床が抜けないか、見るたびにヒヤヒヤしてしまう。

引っ越して二か月近く。まだ二か月。でも苑の身体はすっかり、この下宿生活に慣れていた。会社で終電まで残業をしていた日々が遠い昔のようだ。

ここに来て最初の半月はひたすら、だらだらゴロゴロしていた。

引っ越し当日、下宿屋の住人四人で夜遅くまで酒盛りをして、翌日起きたのは夕方だった。

起きたら青洲がご飯を作ってくれて、それを食べて風呂に入って寝て、次に起きたのは昼過ぎだ。そんな生活を半月、続けていた。

その間に何度か、食堂にOBが集って一緒に酒盛りし、ボビーの送別会と苑の歓迎会が行われた。

あとは何もしなかった。食べて寝て、風呂に入って、スマホのパズルゲームをしたり、キジえもんを撫でたりする以外は、本当にまったく何も。

「ゲームできるだけえらい」

ボビーの恋人、スティーブが言っていた。ボビーもスティーブも外国人ではなく、あだ名である。ボビーに負けず劣らずガチムチの強面カップルだ。

「私なんか、ここに来た当初はご飯も食べられないし、お風呂も入れなかったもんね」

ボビーが言う。それは病気と言えるのではなかろうか。

彼は大手証券会社に勤めるエリートで、バリバリ仕事をしていたが、ある日燃え尽きてしまったのだそうだ。

あしたのジョー最終回みたいに、真っ白になってここに辿り着き、三年かかってちょっとずつ元気になって、恋人もできて、新しい仕事も決まって、ここを出ていった。

スティーブもOBだ。まぼろし食堂でボビーと出会い、徐々に愛を育んでいった。

下宿人たちは、ゲイに対しても大らかなようだった。

苑は密かに、初対面の青洲に酔ってカミングアウトしたらしいことを気にしていたので、ボビーたちの恋愛が当然のように受け入れられているのを見て、ひどく安心した。

そんなこんなで、だらだら半月過ごしていたのだが、十一月の後半に入ってから、これはまずいなと思い始めた。

実家から久しぶりに連絡が来て、今年は帰ってくるの、と聞かれてからだ。

去年は仕事が忙しすぎて、帰省のことなんか頭から抜けていた。年末ギリギリまで仕事があったし、気力もなくて帰省を諦めた。

正月も帰れないほど忙しいなんて、と家族は心配していて、今年の盆休みに一日だけ顔を出したら、また心配された。苑がかなり痩せ細っていたからだ。

その後もずっと、心配してくれていたのだろう。帰省の話題にはいささか早い時期に連絡をしてきた。親も祖母も心配している。本当は帰った方がいいのだろう。

でも苑は、「会社のプロジェクトが今、ちょうど佳境で……」などと嘘をついて、帰省を先延ばしにした。

会社を辞めたことを言い出せなかった。会社を辞め、家賃無料の謎の下宿屋で居候していると聞いたら、家族は心配するに決まっている。

すぐにでも帰ってこいと言われるかもしれない。でも郷里に帰っても仕事はなさそうだし、何より苑が帰りたくない。もう少し、この居心地のいい場所にいたかった。

来年、雇用保険が下りて金銭的な余裕ができたら、すぐに帰るつもりだ。

だが、このままではまずい。毎日毎日、食っちゃ寝して、たまにタダ酒をかっ食らってはどんちゃん騒いで。いち社会人として、非常によくない気がする。

青洲たちは何も言わない。ああしたら、こうした方がいい、なんてことは決して口にしない。ただ泰然と、あるがままを受け入れている。

それが居心地がよくて、少し怖い。

どんなに堕落しても、「大丈夫だよ」「みんなそうだったから」なんてニコニコ笑いながら言いそうで、逆に心細くなるのだ。

就職活動をしよう。どのみち雇用保険を申請している以上、何かしら就職に向けた活動をしなければならない。

思い立ったその日から、苑は精力的に就職活動を始めた。毎日ハローワークに足を運び、求人票を見て、あちこち応募した。

学歴もそう悪くないし、中堅の玩具メーカーで営業職をしていた。若いしなんとかなるはずだ。案外すんなり決まるかも。

そう思っていたのに、なぜか上手くいかなかった。半分は面接で落とされ、もう半分はやけに威圧的だったり、面接の段階からブラックな匂いがプンプンして、こちらから辞退した。

辞退しない方がよかっただろうか。えり好みなんてできる立場じゃないのに。

上手くいかなくて焦りばかりが募り、もし次に採用をもらえたら、どんな条件でも受けようと決めた。

次に面接を受けたところは、本当にこんな会社あるの？　というくらい、ひどかった。

社長が自ら面接したのだが、テーブルに足を乗せて鼻をほじりながら話をするような人だった。苑の履歴書を見てこき下ろし、苑の容姿やら、おどおどした態度をけなしまくった。

思わず涙ぐんだら、そんな根性のない奴はうちにはいらないと言われた。社長の圧迫面接に耐えられる人材だけが採用されるらしい。

面接の後、熱はないのに発熱した時のように身体が重だるくなった。そのまま二日も寝込んでしまい、さらに落ち込んだ。

自分は本当にダメな奴だ。こんなことで寝込むなんて。食欲もなくて、布団をかぶって泣いていたら、青洲がおにぎりを運んできて言った。

「苑ちゃん。とりあえず、就活はいったんお休みしな」

優しい口調だったが、青洲からこうしなさいと言われたのは、初めてだった。

「食べなさい」

それまで、食事はいりませんと言っても、わかったよー、と応じるだけだったのに、その時は珍しく命令口調で勧めた。

食べたくなかったけど、突っぱねるのも悪い気がして、もそもそ布団から起き上がった。

苑が海苔（のり）の巻いていない小ぶりなおにぎりを二つ、ゆっくりゆっくり食べる間、青洲は黙って布団の横に胡坐（あぐら）をかいていた。

おにぎりの中身は鮭とおかかだった。まだほんのり温かくて、塩がきいた米には甘みがある。ホッとして、泣きたくなる味だった。

食べ終えると、青洲は温めのほうじ茶をくれた。

「ねえ、苑ちゃん。君はさ、自分が思ってるよりもっとずっと、頑張り屋で気遣い屋さんなんだよ。満身創痍（まんしんそうい）でここに来たのに、まだ元気にならないうちから前線に戻って戦ってさ。負傷しても、まだもっと頑張らなきゃって思ってる」

「でも……」

「ダメ人間になっちゃう？」

こくりとうなずいた。どんどん落ちて、このまま這（は）い上がれない気がする。苑がボソボソ言うと、青洲は「どこまで上がりたいの？」なんて聞いてきた。

「え？」

「いやさ。這い上がるって、どの辺のラインまで上がりたいのかなって」

からかうのではなく、本気で知りたがっている。

「どの辺というか……人として最低のラインまで」

「今は、最低以下だと思ってるわけだ」

またうなずいた。そう、今は人として、ちゃんとしていないと思う。ちゃんとするというのがどういうことか、具体的にはよくわからないが、少なくとも他人の家に居候した挙句、何もせずゴロゴロしているのはよくない。

それはこの下宿屋の人々を否定することになるかもしれないが、でも少なくとも今現在、下宿屋の現役もＯＢも、みんな立派に何かをしている。

知多はプログラマーでいろいろソフトを開発しているし、学生の根室だって、大学院で日夜研究を続けている。もう一人の住人と青洲はよくわからないが、とりあえず自活している。自分だけが何もしていない。

「怖いです……」

たまらなく不安だ。青洲は「だよね」と、うなずいた。

「でも人間だから、少しは休まなきゃ。苑ちゃん、毎日すごい顔して出かけてるよ」

「え、顔？」

どんな顔だろう。不安になった。頬を触ろうとすると、それより先に青洲の手が伸びてくる。大きくて骨ばった手だ。

それが頬にちょっとだけ触れた。ドキッとしていると、すぐに手は元に戻った。指先にご飯粒がついている。

「ほっぺについてた」

「うわ、すみません」

恥ずかしい。青洲は「いーえー」と、間延びした声を上げ、それから少し笑った。

「ね。苑ちゃんはさ、そういうところが可愛いのに」

「え……」

可愛い、なんて言われ慣れてないから、また胸が高鳴った。顔が勝手に熱くなる。

「なのにここずっと、すごい形相だったんだ。普段はたれ目なのに、目がギューッと吊り上がって血走ってて。あれで面接受けるのかなって、心配してた」

「そんなに、ですか」

気がつかなかった。出かける時に洗面所の鏡は見るけれど、身だしなみを確認するだけで顔はよく見ていなかった。

「今はいつもの苑ちゃんの顔。布団から出た時は暗い顔してたけど、おにぎり食べてるうちに明るくなった。眉と目じりがだんだん下がっていって」

「う……おにぎり、美味しかったです」

すごく食いしん坊みたいだ。いや、食いしん坊なのだが。ご馳走様でした、と頭を下げると、青洲はまたニコニコする。

「お粗末様でした。食べられてよかった」

ホッとしたような声に、以前ボビーが、物が食べられなくて風呂も入れなかった、と言っていたのを思い出した。

いったいどんなひどい目に遭えば、そんなことになるんだろうと思っていた。よくよく苦労をしたのだろうと。

自分も辛いことはあったけど、そこまで辛酸を舐めたわけではない。だから、まだ大丈夫。そう思っていた。もしかして、結構やばかったのだろうか。

「苑ちゃんが一番不安なのは、なんだろうね。仕事が見つからないことかな。ここで一日、することもなくてゴロゴロしてることかな」

青洲は苑に尋ねるというより、自分の中の疑問を口にするように、遠くを見ながら首をひねった。苑も首をひねる。

「両方だと思います。永遠に仕事が見つからない気がして、焦ってしまって。ここにいつまで居候することになるんだろうって……それに」

感情のまま言葉にしそうになって、一度口をつぐむ。ちらりと隣を見ると、青洲はこちらを見てうなずいた。大丈夫、先を続けて。そう言われた気がして、苑は言葉を続けた。

「なんだかんだ言って皆さん、立派にお仕事してるじゃないですか。以前はともかく、今は家賃もきっちり入れて。俺だけ本物のニートで、一日何もすることがなくて。こないだなんか、スマホの猫動画見てたら一日終わっちゃって。すごく不安になったんです」

「ああ、猫動画は見ちゃうよね。気づくと月曜日が金曜日になってたり」

「そこまではないですね」

思わず言ってしまい、すみません、と謝る。青洲も申し訳なさそうにした。

「俺もすみません。ちょっと盛っちゃった。月曜から金曜はないね。水曜くらいだったな」

話がずれている。最初はただ親切な人だと思ったが、この下宿屋の大家なんてする人だから、やっぱりちょっと変わっている。

「ねえ苑ちゃん。苑ちゃんのその不安をさ、一つずつ解決してかない？」

「一つずつ」

「そう。仕事がないのが不安。それで居候暮らしの先が見えなくて、不安。居候なのに、何もしないでゴロゴロしてるのが、不安」

青洲は言いながら、長い指を折って数えてみせた。

「不安を全部いっぺんに、直ちに解決するのは無理だ。でも気持ちは焦るよね。だからまず、一つ解決する」

青洲の目がいたずらっぽく光る。

「何もしないのが不安なら、何かすればいい。苑ちゃん、俺の助手にならない？　大家さんの助手。労働が家賃代わりってことで」

手が足りなくて困ってたんだ、と言い添える。助手が何をするのかわからなかったが、苑は青洲の提案に飛びついた。無為に時間を過ごすのが、本当に不安になっていたのだ。

結果的に、この助手の仕事というのが、どん底に落ちていた苑の気持ちを救ってくれた。

下宿屋の管理人には、実に様々な仕事がある。手を抜けばどこまでも杜撰(ずさん)にできるし、逆にきちんと仕事をし始めれば際限がない。

毎日何かしら細々とした仕事があり、小さな仕事をやり終える都度、達成感を味わえる。

自分一人で段取りを決め、黙々とそれに取り組む。苑にはこれが性に合っていた。

なんでも上司や先輩にお伺いを立て、時には顔色も窺わなければならない以前の仕事とは、まったく環境が違う。

成果が出れば、青洲や下宿人たちから感謝もされる。タダで居候しているのだという罪悪感も薄れる。

今の苑はもう、以前ほど焦ってはいない。

就職活動を諦めたわけではないが、たまにネットで求人情報を探すくらいで、今は本格的な活動はお休みしている。

まあここらで少し、ゆっくりしようか。ようやくそんな気持ちになれたのだ。

「そろそろ、今日のお勤めをしようかな」

朝食を終え、テレビを眺めつつお茶を飲みながら、今日も頭の中で午前中にやる仕事の段取りをつけた。

青洲から仰せつかった助手の仕事は主に、下宿屋の共用部分と店の掃除だった。共用部分というのは、玄関から廊下、風呂と洗面所に、一階と二階にあるトイレ。居間と食堂兼台所もある。

なかなか広範囲だが、掃除の頻度ややり方は何も決まっていない。やりたいと思ったところを、無理のない範囲で。青洲が出したオーダーはそれだけだ。

青洲も手が空けば掃除をするし、知多もプログラムのロジックを考えるのに詰まると、一心不乱に風呂やトイレを磨いていたりする。

今日は居間に掃除機をかけようと思ったが、隣で寝ているであろう青洲のことを考え、別の場所を掃除することにした。

青洲は大家だが、それだけで生計を立てているわけではない。

彼はなんと、小説家だった。ペンネームをいくつか持っていて、今は主に官能小説とホラー小説を書いているのだという。

あんまり売れてないけどね、と謙遜していたが、とりあえず生活に困らない程度には仕事があるようだ。居間の隣が寝室、そのまた隣が書斎になっていて、たまに書斎で、編集らしき相手と電話をしているのが聞こえる。

（縁側の窓ガラスを拭こうかな。そろそろ年末だし。大掃除も兼ねて）

一日の予定を組み立てると、なんとなくわくわくしてくる。

苑も最初は遠慮がちに、台所や居間、風呂やトイレだけを掃除していた。それもごく最低限。毎日やる必要はないし、やれるところだけやればいい。いつ休んでもいい。ちょっとくらい汚くても死なないし。

そう言われたけれど、苑はつい張りきってしまい、あちこち磨き上げた。そうすると、物が整頓されてないのも気になってくる。

苑の仕事ぶりを見た青洲が、「苑ちゃんの好きに片づけてくれていいよ」と言い、必要な掃除道具も新しく買い揃えてくれた。

細かい収納なんかを改良しているうちに、どんどん楽しくなった。大きな改造をする際は相談が必要だが、それ以外は好きに模様替えしていいとも言われた。

苑は掃除と模様替えにすっかりハマってしまい、毎日が楽しみでつい、早起きになっていた。

自分でも変わっていると思うが、雑然とした各部屋を好きに整頓していいのだと思うと、わくわくするのである。

青洲も、苑がここまでのめり込むとは思っていなかったようだ。最初は「無理しないでね」と、張りきる苑を気遣っていたが、そのうち好きにさせてくれるようになった。

「俺はどちらかというと掃除が苦手だから、すごく助かるよ」

料理は趣味だし、洗濯も苦にならないけれど、掃除はどうにも苦手なのだそうだ。確かに、下宿屋も店も最低限の掃除はされているものの、どこか雑然としていた。

とはいえ、苑が一日中バタバタしていては、みんな落ち着かないだろう。苑は自分の仕事を、午前中か、もしくは夕方だけと決めていた。その日やる仕事によって、時間帯を決める。

(今日は午前中に縁側の掃除をして、午後はあれを買いに行こう)

まだ雇用保険は下りないが、ちょっとだけ懐が温かい。

この間、前のアパートの敷金が返ってきたのだ。こういうのは一円も返ってこないものだと思っていたのに、ハウスクリーニング代を引かせていただきました、という連絡と、敷金の半分以上が振り込まれていて、得をした気分になった。

無駄遣いはできないが、今回は趣味と実益を兼ねるものだから、いいだろう。

そんな、自分に甘いことを考える余裕もできてきた。まだ時おり、不安が頭をもたげないこともないけれど、焦ることはないと自分に言い聞かせている。

(縁側の掃除の前に、庭も掃いておこうかな)

つらつらと考えながら、ゆっくり食後のお茶を飲んでいると、青洲が起きてきた。

「おはようございます。うるさかったですか」

目をしょぼしょぼさせている青洲を見て、苑はテレビのボリュームを下げる。青洲は微苦笑を浮かべて、緩くかぶりを振った。

「まさか。テレビの音くらいじゃ起きないよ。自然に目が覚めたの」

最盛期の下宿屋は連日、大学サークルの飲み会のノリで、とにかく騒がしかったそうだ。楽器を弾く人もいたそうで、ここが雑木林に囲まれていなければ、近所で騒音問題になっていただろう。その時期からいる青洲と知多は、騒音に強い耐性を持っているという。

青洲はそのまま台所へ行き、味噌汁を温めて居間に持ってきた。

「ちょっと失礼。あ、キジえもん。ごめん」

ごそごそ苑のはす向かいに座り、中にいたキジえもんに足がぶつかって、「ニャーッ」と抗議を受けていた。

お椀をフーフー吹いて、味噌汁を少しずつ飲む。彼もどてらを着ていて、背中を少し丸めているところが、なんともジジ臭かった。

でもそんな青洲も可愛いな、などと苑は密かに思っている。

「昨日、帰りが遅かったんじゃないですか」

苑がそう尋ねたのは、青洲が珍しく早起きをしているからだ。だいたい、夜に出かけた翌日は昼まで寝ていることが多い。なんなら夕方まで寝ている。

そうでなくても、外がまだ薄暗い時間に起きることなどなかった。苑がここに来て、初めてではないだろうか。

「夜中の一時くらいかな？　知り合いと、ちょっと飲んで帰ってきた。なんとなく目が覚めたんだけど、味噌汁飲んで苑ちゃんの顔見たら、また眠くなったな」

「なんですか、それ」

のんびりした青洲の口調に、苑は思わずくすっと笑った。青洲は何につけても緩い。動きはてきぱきしているのに、不思議とせわしさがない。いつも飄々（ひょうひょう）としている。彼が本気で怒ったり焦ったりすることなど、あるのだろうか。

「お仕事が忙しくないなら、寝直したらどうですか」

「うん。そうだなあ」

眠そうな目をしながら、青洲は居間の掛け時計を見る。

「苑ちゃんは今日、どうするの」

青洲が一日の予定を聞いてくるのも、わりと珍しかった。

「午前中は掃除をして、午後から買い物に行こうかと思ってます。近所じゃなくて、電車で」

「買い物か。いいね」

青洲はふわりと眠そうに笑う。苑も思わずにっこりした。

「それ、俺もついていったら迷惑かな」

今日の青洲の言動は、どこまでもイレギュラーだ。苑はちょっとびっくりした。

「え？　いいえ。でも買い物っていっても、趣味のものですけど」

「へえ。苑ちゃんてどんな趣味があるの」

「えっと、いろいろ……絵を描いたり、手芸とかですね」

最後の方は声が小さくなった。絵はともかく、男が手芸と言うと、大袈裟に驚かれることがある。

でももちろん、青洲は人の趣味を馬鹿にしたりしない。「へえ」と、眠そうな目をちょっとだけ見開いた。

「じゃあ画材とか、手芸用品を買いに行くんだ。ついていってもいいかな」

本当に興味がありそうだったので、苑は「はい。いいですよ」と応じた。

「食べ物以外の買い物って、久々だなあ」

嬉しそうにしていたが、青洲はやっぱり眠いようで、もう一、二時間寝直すと言う。

苑は青洲が寝ている間に、縁側の窓拭きをした。窓が多いので、それだけで午前中が終わってしまう。

かなりの重労働だったが、長らく放置され汚れていた窓ガラスが、ピカピカになっていくのは達成感があった。しかも午後には、青洲との買い物が待っている。

青洲とはよく、地元の商店街まで食料や日用品を買い出しに出かける。二人で買い物袋を提げ、商店街と下宿を往復するだけなのだが、苑にとっては楽しかった。

一人暮らしにはなかった、食材を大量にまとめ買いするのも楽しいが、何より青洲と二人きりというのが嬉しい。

（イケメンと、買い物デート気分を味わえるもんね）

苑は、湧き上がる切ない思いに気づかないふりをして、わざとそんなふうに胸の内でつぶやいた。

この甘い疼(うず)きがなんなのか、苑はよく知っている。疋田に気持ちが傾いていった時も、こんなふうに落ち着かない気分になった。

青洲に対する気持ちは、疋田の時より膨らんで、日に日に大きくなっている。

困っているところを助けてもらった。就職活動でつまずいて不安でいっぱいだった時、慰められ、救いの手を差し伸べられた。

どんどん青洲に気持ちが傾いていく。疋田の時も彼がヒーローに見えたけど、今は青洲が神様みたいに見える。

だからこそ、あえて苑は、自分の気持ちに気づかないふりをして、ごまかしている。

誰かをヒーローや神様みたいに思うのは、ちょっと怖いことだ。

苑は疋田を好きになって裏切られ、そのことを学んだ。

相手も同じ人間なのに、どんどん自分の中で勝手に偶像化されていく。その人の考えや価値基準に影響されて、苑自身の思考は失われていく。自分で放棄してしまうのだ。

もう、そんなふうに感情のまま相手に傾倒して、自分自身を見失っていくのは嫌だった。

青洲には助けてもらって、今も親切にしてもらっている恩がある。

だからこそ今度は、間違った方向に行きたくない。よくしてもらった分、ちゃんと気持ちも元気になって、仕事を見つけて、独り立ちできるようになりたい。

それに、こんなに親切にしてもらっているのに、気持ちを伝えて青洲を困らせたくない。

青洲のことだから、もし苑が思いつめて「好きです」と言ったところで、気まずそうにしたり、避けたりはしないだろうが。

もし告白したら、「え、そうなの？」と、少し驚いて、それから「ありがとう。でもごめんね」と、ふんわり笑うだろう。男っぽい優しい笑顔で。

（嬉しいけど、苑ちゃんの気持ちには応えられないんだ）

彼の反応を想像するだけで、胸がぎゅうっと苦しくなる。

謝られて、それで終わり。次の日からまた、いつもの日常が始まる。

結果がわかっているのに気持ちを押しつけるなんて、ただの自己満足だ。青洲に迷惑をかけたくない。

恋なんてしなくても、今でもじゅうぶんに楽しい。ピカピカに磨き上げた窓を眺めて、午後の予定に胸が膨らんで、幸せだなあと思う。

（決めた。ちゃんと就職した後も、ここに住まわせてもらおう）

ぽかぽかと暖かい冬の日差しを浴びながら、苑はそんな決意をした。


家では無精ひげにぼさぼさ頭の青洲だが、出かける時はきちんとする。

たとえ行き先が近所の商店街でも、綺麗に髭をあたって髪に櫛を入れる。そうするだけでこざっぱりとして、どてらを着ていても恰好よく見えた。

冬の青洲は、家ではどてらを着て、庭仕事や商店街へ買い物に出る時は、作業用ジャンパーを着ている。それでもじゅうぶんいい男だ。

何を着ても映える美形が、今日はさらにおしゃれをしている。まるでモデルみたいだった。

「おしゃれ、ってほどでもないけど」

苑が感心すると、青洲は照れたように自分の服装を見下ろした。

黒のハーフコートにライトグレーのマフラー、下は普通のジーンズである。

確かに気取らないファッションだ。でもだからこそ、青洲の容姿や均整の取れた身体が引き立って見える。

「昨日も、出かける時はこんなんだったでしょ」

ちょっと飲みに行く、出かけてくると言う時も、青洲はこんなふうに気取らない恰好で出かけていく。見送るたびに「かっこいいなあ」とうっとりしていたのだ。

そんな美男子と、今日は二人で買い物に出かける。なんてラッキーなんだろう。

「まあでも、俺もなんだか新鮮。どてらと作業ジャンパー以外の苑ちゃんを見るの、久しぶりだもん」

そう、どてらと作業ジャンパーは青洲とお揃いだ。これが冬の大家の標準装備らしい。

苑のどてらは先代大家さんのお古をもらい、作業ジャンパーは新しく、青洲が近所で買ってきてくれた。どちらも重宝している。

「俺のは、会社に行く時に使ってた、普通のコートですけど」

苑の装いはごく普通の、ベージュのステンカラーコートだ。無地の黒っぽいマフラーを巻いて、下はジーンズとスニーカーだった。

でも久しぶりに作業ジャンパーではなくコートを着て、なんとなくよそ行きの恰好をしている気分になる。二人はしげしげお互いを眺め合い、それから出発した。

電車を乗り換えて、向かったのは大型手芸店である。

知る人ぞ知る有名なチェーン店で、手芸用品から文具にプラモデル、工芸品材料までなんでも揃う。

「店の名前は聞いたことあるけど、初めて来た」

青洲は、フロアにずらりと並ぶ布地や色とりどりの毛糸を見て、物珍しそうにしていた。品数が豊富なので、見ているだけで楽しい。

最初に文具フロアに行き、シャープペンと消しゴム、クロッキー帳などを選んだ。

「苑ちゃん、絵を描けるんだね。絵具とかはいらないの？」

「いえ、絵具までは。描けるってほどでもないんですけど」

大学生までは、漫画やイラストを描いて、ＳＮＳに上げたりしていた。漫画といっても、ちゃんとしたストーリーではなくて、犬とか猫を描いた緩い四コマ漫画だ。

漫画はあまり反応がないし、ネタも思いつかないのでそのうち描かなくなったが、苑が描いた犬や猫のイラストは緩い感じがウケて、わりと反応があった。

また描いてみようかな、と思うようになったのは、心に余裕が生まれたからだろう。

ここに来た当初は、時間はあっても余暇を楽しむ心がなかった。それを考えると、自分は元気になったのだなとしみじみ思う。

とりあえず、年内は無職を満喫してやる。焦らないと決めた。

「絵も描けて手芸もできるなんて。苑ちゃんは器用なんだな」

レジに並ぼうとしたら、そんなことを言われた。「いえそんな」と照れて謙遜している間に、ひょいとレジかごを取られる。青洲はそのままレジに行って会計を済ませてしまった。

「あ、お金」

苑が慌てて財布を出そうとすると、青洲は微笑んで「プレゼント」と、買い物の包みを差し出した。

「いや、プレゼントは違うな。給料の現物支給だ。いつも下宿屋を綺麗にしてくれるから」

「でもそれは、家賃の代わりですから」

「もう家賃以上に働いてもらってるよ。何かお礼をしなきゃと思ってたんだけど、現金は受け取ってくれなそうだから」

それで今日、買い物についてきたのだ。

「正直、あんなに掃除を極めてくれるとは思わなかったんだよね。ちょっとこっちの掃除が楽になればいいなっていう程度の期待だったんだけど、期待以上でした。ありがとう」

まっすぐに礼を言われて、じんと胸が熱くなった。半分は苑の趣味と自己満足だったのに、そこまで言ってもらえるとは思わなかった。

「こちらこそ、ありがとうございます。掃除はあの、楽しいからやってるだけなんですけど」

「うん。掃除をする時も、食べる時と同じくらい楽しそうにしてるから、見てるこっちも楽しい」

甘やかな微笑みを向けられて、落ち着かない気持ちになる。焦っていると、青洲は言葉どおり楽しげに、ふふっと笑った。

画材を買った後、次に手芸用のフロアに回った。

クッションを作るつもりだ。店の座布団は古くてぺたんこで、椅子四つのうち二つは座布団がない。それで新調しようと思ったのだ。

「それじゃあお礼にならないなあ。店の備品でしょ。経費で落とすよ」

座布団は苑が勝手にやることだ。趣味も兼ねているのだけど、青洲がせっかく礼にと言ってくれている。予算を気にせず好きな生地を選んでいいと言われ、苑は嬉しくなってあれこれ生地を見て回った。

「クッションを四つも縫うの、大変じゃない？」

一通りフロアを回り、ようやく生地を選んだ後、青洲がふと思いついたように言った。手縫いすると思ったのかもしれない。

「いえ、ミシンでダーッと縫うので、時間はかからないです。物置に電動ミシンがありましたよね。あれを使わせていただこうかと」

一階には物置があって、そこにはいろいろな物が無造作に突っ込まれている。もう使わないものなので、捨ててても売ってもいいのだが、手間なので誰もやらなかった。使えそうなものは、下宿人が自由にもらっていいそうだ。

整理をしている時にミシンを見つけ、それでクッションを作ることを思いついたのだった。

「えっ、あのミシン、まだ使えるの？」

青洲がびっくりしたように言うから、ミシンがあることは知っていたらしい。

「まだまだ使えますよ。わりと新しめの型でしたし」

といっても、十年以上は経っていそうだが、それでも苑の実家の現役ミシンよりは新しそうだ。物もよかった。

「だから、クッション以外にも使わせてもらおうかと思うんですが。いいでしょうか」

青洲がまだ目を見開いているので、苑は勝手にまずかったかなと不安になった。

「うん、もちろん。使ってもらえたら嬉しい」

彼は言って、気持ちを整理するように何度か瞬きする。

「ミシンを使える人間が誰もいなくてさ。使えるかどうかもわからなかったんだ。でも、売るのも捨てるのも勿体(もったい)なくて……そうか。あれ、使えるのか」

つぶやき、次に青洲が浮かべた微笑みは、いつもの穏やかな微笑とはまるで違っていた。安堵と喜び、それに寂しさが混ざった、切なげな表情だった。

「あのミシンは太郎(たろう)さん……先代の大家さんのものなんだ」

その言葉に、苑はハッとする。

先代の大家さん、島原太郎氏は、三年前に病気で亡くなったと、知多から聞いた。三年という月日は、青洲にとってはまだ悲しみを癒やすには足りないのだろう。

「大家さんと、仲がよかったんですね」

「どうかな。俺にとってはとても……本当にとても大切な人だったけど」

青洲は、苦く笑った。痛みをこらえて笑ってみせるような、そんな微笑みだった。

本当にとても大切な人。

話の接ぎ穂に返ってきた言葉が、予想以上に重たくて、苑の心も切なくなる。

三年経っても、まだ話題にするだけで苦しい。それくらい、島原は青洲にとって、関係の深い相手だったのだ。

(どんな人だったんだろう)

そしてどんな関係だったのか。

とても気軽には尋ねられなかった。でも、それほど深く青洲の心に刻まれた太郎という人物のことが、気になって仕方がなかった。

「ん……あとは……これをこうして……んっ？　……あっ、よし、できた！」

居間の炬燵で一人、ビーズアクセサリーと格闘していた青洲が、喜びの声と共に両手を上げた。

苑はその完成を見届けて、縁側から顔を覗かせる。

「あ、ごめん。うるさかった？」

「いえ。集中してるなあと思って。完成しましたね」

昼間、二人で手芸用品を買いに出かけた。クッション材は礼のうちに入らないからと言って、青洲は他にもいろいろ、趣味の用品を買ってくれた。

フロアを巡る間に、青洲もいくつか目新しいものに惹（ひ）かれたようで、彼は初心者用のビーズキットを購入した。

ビーズ製の小さなペンギンのストラップを作る素材が、一つのセットになっている商品だ。外で軽く昼ご飯を食べて、下宿屋に戻るとさっそく、買い物の袋を開いていた。それから二時間ばかり、ずっとビーズと格闘していたのだ。

苑はといえば、物置からミシンとミシン台を出し、延長コードを探し出して電源と繋（つな）いだり、糸をセットして試し縫いをしているうちに時間が経ってしまった。

そろそろ夕飯の支度をする時間だったのだが、ビーズを繋げる青洲があまりに真剣だったので、苑も最後まで見守ってしまった。

「夢中になっちゃった。でもできて嬉しい。けっこう上手くできたんだよね」

ほら、と、青洲は小さなペンギンを苑に見せる。大きな手にちょこんと青色のペンギンが載っていて可愛らしい。初めて作ったにしては、確かによくできていた。

「可愛いですね」

「苑ちゃん、もらってくれない？」

喜びと誇らしさからか、青洲は目をきらきらと輝かせて言う。苑は驚いて「えっ」と声を上げてしまった。

「あっ、ごめん。押しつけるつもりはなくて、なんかよくできて、嬉しかったから」

青洲は怯んだように言い、ペンギンを引っ込めようとした。

「いえ、そうじゃなくて。俺がもらってもいいんですか？　初めて作ったのに」

「うん。初めて作ったから、なんというか……なんだろう？　苑ちゃんがもらってくれたらいいなーと、衝動的に思ったわけです」

ちょっと照れている。そんな青洲が珍しくて可愛らしい。

「迷惑じゃなければ、もらってくれませんか？」

そっと控えめに差し出されたペンギンストラップを、苑はふふっと笑いながらうやうやしく受け取った。

「迷惑なんかじゃないです。ありがとうございます」

青洲の手作りアクセサリーなんて、迷惑どころか、ものすごく嬉しい。しかも、彼の手作り第一号なのだ。

苑が嬉しそうに受け取るのに、青洲もホッとした顔をする。それから、居間の掛け時計に気づき、あっと声を上げた。

「もうこんな時間だ。夕食の支度しなきゃ」

「あの、今日くらいは俺がやります」

今日は店も開けないし、知多も根室もいなくて二人きりだ。わざわざ作ってもらうまでもなく、各自で適当に食べてもよかった。

「いやいや、すぐ作るから。あ、ご飯炊いてくれたんだ。すごく助かる」

炊飯器からご飯が炊ける匂いが居間にも漂っていたのだが、ビーズに集中して気づかなかったようだ。青洲は炬燵から長い足を引き出すと、台所に向かった。

「待っててね。ちゃちゃっと作るから」

「何か手伝いましょうか」

「簡単だから大丈夫。あ、お箸並べてもらおうかな」

言いながら、きびきびと動く。苑は料理をする青洲を見るのが好きで、箸を並べた後は食堂のテーブルから作業を眺めることにした。

いつも手早く手順よく、料理が作り上げられていくのだが、今日は特に早かった。

フライパンに、冷蔵庫にストックしてあっただし汁と調味料を煮立たせ、玉ねぎと人参、鶏肉を入れる。火が通ったら溶いた卵を流し入れ、ご飯を入れたどんぶりに盛って、刻んだ三つ葉を載せれば、親子丼の完成だ。

青洲は親子丼を作る間に、隣のコンロで豆腐の赤だしも作っていた。冷蔵庫から出したお新香と、作り置きのひじきの煮物をテーブルに並べて、あっという間に夕食が出来上がる。

「おおー」

苑は思わず拍手してしまった。赤だしと親子丼の温かい匂いが部屋を満たし、お腹がぐっと鳴る。早速、いただきますをして箸を取った。

大きく一口、卵の塊を口に入れる。とろりとした卵の中に、つゆの染みた玉ねぎと人参が混ざり合って、口の中がほんのり甘くなった。

苑の母が作るこってりした親子丼より、だいぶ薄味だ。その分、玉ねぎと人参の甘さが引き立つ。

二口目は大きめに切った鶏もも肉が卵に絡んでいて、嚙むと旨味が口に広がる。

かぽか温まった。

「美味しい……幸せです」

三つ葉も一緒に食べるとさっぱりする。赤だしも出汁がきいていて美味しい。身体がぽかぽか温まった。

「よかった。二人鍋と迷ったんだけど、苑ちゃん、卵が好きだから親子丼にした」

「え、どうして知ってるんですか」

卵が好きなんて、青洲に言っただろうか。

「わかるよ。だって苑ちゃん、卵を食べてる時、いつも以上に幸せな顔するんだもん」

青洲がくすくす笑って言った。そんなにわかりやすい顔をしていただろうか。

「確かに今、いつもよりもっと幸せな気分です」

親子丼は苑の好物の一つだ。もっとも、卵料理はどれも好物なのだが。

青洲は「そっか」と、自分も幸せそうに笑った。

「苑ちゃんに幸せそうに食べてもらえると、俺も幸せ」

ああ本当に、どうしてこの人はこんなにかっこいいんだろう。苑はつい、つり込まれるようにその美貌に見入ってしまう。えへへと照れ笑いをして、視線を引き剝がすのに苦労した。

青洲は優しくてかっこよくて、そして罪な男だ。

彼みたいな美男子に弱っているところを優しくされたら、気持ちが傾くに決まっている。

以前の苑だったら、青洲も自分を想ってくれているのかも……なんて勘違いをしていたかもしれない。

今はさすがに、そんな馬鹿なことは考えない。疋田に騙されておいてよかった。

「あの、青洲さんは恋人とか、元奥さんとか、いないんですか」

自分の気持ちをごまかすのに、少し突っ込んだことを質問してしまった。青洲は珍しそうに苑を見て、

「おっ、それじゃあ飲みに移行する？」

などと言い出した。ここの人たちは飲み会好きだ。何かというと酒席を開こうとする。

苑は思いついたことを尋ねただけなのだが、はぐらかされたのだろうか。

「はい。じゃあ、ちょっとだけ」

でも苑も、今日は少し飲みたい気分だった。応じると、青洲はぱっと顔を輝かせた。

「やった」

夕食の食器を手早く片づけて、居間に移動した。今日は二人だけの酒席だし、店を開けるほどではない。

青洲は日本酒を電子レンジで温め、燗にした。苑もつまみのストックから乾き物のつまみを適当に見繕って炬燵の上に並べる。

小さなお猪口(ちょこ)にぬる燗を注いで、キュッと飲む。親子丼で膨れた胃に、ゆっくり酒が回

る。

「はあ、美味しい」

「美味しいねえ」

二人とも、ほうっとため息が漏れた。

「あの、今日はいろいろ買っていただいて、ありがとうございました。それに、楽しかったです」

「俺も楽しかった。またデートしようね」

にこっと笑って言う。今日のはデートだったのか。いやいや。

「はは、デートって」

どぎまぎして顔が赤くなりそうだったので、笑ってごまかした。青洲もはは、と笑う。心臓に悪い冗談だ。

「あっ、ちなみに、今は恋人はいないから。元妻もね。俺、ゲイだし」

笑うついでに、さらっとカミングアウトされた。

「ええっ」

思わず大袈裟に声を上げてしまい、慌てる。青洲もゲイだったなんて、ちっとも気づかなかった。

「じゃ、じゃあ、俺と同じですね」

青洲も、好きになるのは同性なのだ。そう思ったら変に意識してしまって、声が裏返りそうになった。

落ち着け、と、自分に言い聞かせる。ゲイだからなんだっていうのだ。だからって別に、青洲が苑みたいなパッとしないちんちくりんを、対象にするわけがない。

苑は気を紛らわせるために、注ぎ足した酒をキュッと飲み干した。

「ここの住人は男ばかりだから、ゲイも一定数はいるよね」

こちらは内心でオタオタしているのだが、青洲はいつもどおりだ。

わかっている。今、この場のカミングアウトに深い意味はない。ただ苑に聞かれたから答えただけ。

もう一杯、日本酒を注いで飲み干すと、昂（たかぶ）る気持ちが少し抑えられた。

「せっ、青洲さんはかっこいいから、同性にもモテそうですよね」

さりげなく、当たり障りのない言葉を並べようとして、ぎこちなくなってしまった。

「そう？　若い子にそう言われると、嬉しいなあ」

青洲がどこまでもいつもどおりなので、だんだんと落ち着いてくる。もう少し落ち着こう、と、また酒を注いだ。

青洲も早めのピッチで酒を飲む。二合徳利はあっという間に空になり、青洲が今度は三合徳利に熱い燗をつけてくれた。

「苑ちゃんは、例の会社のクズ野郎が初恋なんだっけ。それ以前は、好きになった人はいなかったの？」

「う……初恋のことまで話してたんですね。そうですよ。それに、疋田さんと付き合ってたと思ったのに付き合ってなかったから、彼氏いない歴年の数です」

苑がやけになって言うと、青洲ははっと楽しそうに笑った。

「そんなクズと付き合わなくてよかったじゃない。下手に身体の関係なんか持ってたら、きっともっとボロボロにされてたよ」

疋田はたぶん、ヘテロだったのだと思う。苑の気持ちを利用しただけだから、どんなにこちらが望んでも身体の関係には至らなかっただろう。

でも青洲の言うとおり、それでよかったのだ。もし初めての男が疋田だったりしたら、きっともっと引きずっていた。

「青洲さんはどうなんですか」

苑ばかり恥ずかしい部分をさらけ出している気がする。酔いが回ってきたのもあって、先ほどより大胆に尋ねた。

「俺？　俺は特に、話のネタになるような思い出はないかなあ」

なんだかずるい回答だ。はぐらかされているような気がする。そんな内心が表に出ていたのか、青洲は苑を見て「本当だよ」と、弁解した。

「高校時代に初めて同級生と付き合って、でもあれも、恋してたわけじゃなかったな。たまたま近くに同類がいたから、交際してみようかって感じで」

昔を語る青洲は、ここではないどこかを見つめる。

「で、それが親にバレて、家が大変なことになった。父親は強烈なホモフォビアだったんだよね。母親も潔癖症で。喧嘩になって、こんな家出てってやるよって飛び出して、それきり」

「帰ってないんですか」

青洲は、ははっと笑ってうなずいた。

「高校の卒業間近だったんで、なんとか卒業証書はもらった。しばらくして、母親には会ったけどね。今もたまに連絡は取ってる。でも父親はまだ無理かな」

無理というのが、父親が許してくれないということなのか、青洲が許せないという意味なのかはわからない。

けれどその口ぶりでは、青洲から折れるということは一度もなかったのだろう。

「しばらく従兄弟のアパートや友達の家に居候して、アルバイトでお金を貯めて独り立ちしようと思ったんだけど、思うようにいかなくてさ」

周りの友人たちは、みんな大学に進学していた。青洲も都内の私大に合格していて、何事もなければ大学生になっていたはずだ。高校時代の彼氏とは気まずくなって別れ、将来の展望もなく、途方に暮れていた。

「何もかも嫌になって、電車に乗って知らない街で降りてぶらついてた。そうしたら道に迷っちゃって。そこで二代目のキジえもんに出会ったんだ」

で、この下宿屋に誘われたというわけだ。やっぱりキジえもんは不思議だった。苑は、炬燵の掛け布団をちらっとめくり、中で丸まっている三代目の様子を覗く。キジえもんは外からの冷気に身じろぎし、迷惑そうに苑を睨んだ。

「それから五年は、アルバイトをしながらここに居候してたね。途中でこのままじゃいけない、何かやらなきゃなと思って」

ちょうど下宿屋のＯＢが置いていったパソコンがあって、それで何かできないかと考えて、小説を書き始めた。

いろいろなジャンルの話を書いてあちこちの出版社に送り、そのうちの一つが採用された。

しばらく下宿屋でアルバイトと作家業を兼業し、そのうちアルバイトを辞めて作家一本で食べられるようになった。

「ここを出たのが、二十六の時だったかな。それから八年くらい一人暮らしをして、太郎さんが病気だって聞いて、慌てて戻ってきた」

もう先代の先が長くないと知って、後を継がせてくれと頼み込んだそうだ。先代は、自分の代で下宿屋を畳むつもりだったという。

「最後の最後まで渋ってたけど、熱意に折れて、後を継がせてくれたよ」

青洲は言って、薄く笑う。表情は穏やかですらあるのに、遠くを見る瞳は悲しみでいっぱいだった。苑はそれを、黙って見つめていた。

家を出た話を語る時も、彼氏と別れたと言った時も、淡々となんら感慨もなく語っていた彼が、先代の話をする時だけ、表情を変える。声音と口調がほんの少し、ゆっくり丁寧になる。

本人は、ひょっとすると気づいていないのかもしれない。

でも彼の声が、表情が語っている。先代の太郎は、青洲にとって誰より大切な人なのだと。

そして彼の普段とは違う横顔に、苑は心を強く摑まれるのを自覚した。

(俺ってダメな奴だなあ)

誰かを想う男の顔を見て、想いを募らせてしまうなんて。

いつまでも見ていては、気づかれてしまう。苑は俯いて、自分のお猪口を眺めた。

「ここは青洲さんにとって、大切な場所なんですね」

酒をキュッと飲んでからつぶやく。おかげで、いつもどおりの口調で言えた。

「うん。そうだね。ここで太郎さんと同じように、いろんな人と出会って、巣立ちを見送るつもり」

太郎さんの魂と一緒に。口にはしないけれど、そう思っているのかもしれない。

「しんみりしちゃった。苑ちゃんは、年末は実家に帰らないんだっけ」

青洲が明るい口調で話題を変えたので、少しホッとした。

「はい。雇用保険が出てから、ゆっくり帰ろうと思います」

今はもう、だいぶ気持ちの余裕もできていて、家族に仕事を辞めたことを話すことも考えている。ただやっぱり懐が心細いので、給付が始まってからにしようと思ったのだ。

「そっか。じゃあもし予定がなければ、年末におせち作るの手伝ってよ」

「え、毎年作ってるんですか」

下宿屋でおせちが食べられるなんて。思わず背筋が伸びた。青洲はふふっと笑う。

「俺の代からの新習慣。出戻ってから作るようになったんだ。料理本見たり、ネットで調べたりして。まだ三回目だからね、中身も毎年変わる」

その都度、下宿人の好みを聞いて入れるというのだ。なんだかわくわくした。

「苑ちゃんは、おせちで何が好き？」

「えっと、黒豆と伊達巻が好きです。栗（くり）きんとんと田作りと。かまぼことそれから……」

つらつら並べてから、ハッと気づいた。

「あ、ぜんぶ入れてほしいってことではなくてですね」

催促をしていると思われたかもしれない。慌てていたら、青洲がぷっと吹き出した。

「苑ちゃん、本当に食いしん坊だなあ。そんなに細いのによく食べるし」

「でも、ここに来てだいぶ太りました」

会社を辞めた時は、不規則な生活であばらが浮いていた。この二か月、青洲の美味しいご飯を三食食べているおかげで、入社前の健康的な身体に戻っている。

気持ちが上に向いたのは、身体が健康になったことも大きいだろう。

「最初に来た時は、ガリガリだったもんね。手首の骨も浮いてて。とにかくこの子に食べさせなきゃって思ったよ」

青洲は言って、炬燵の上に出ていた苑の手首の骨を、ちょんとつついた。

我知らず、ビクッと身体が揺れる。

「ごめん。くすぐったかった？」

「は、はい。ちょっと」

本当は、ドキドキしていた。酒がほどよく回っているせいか、身体が熱い。青洲に触れられて、ドキドキとうずうずが身体の奥で渦巻き始めている。

（……まずい）

ちょっと勃ってるかもしれない。もぞりと座り直して、苑は気がついた。

こんなことで勃起しかけるなんて。下宿した当初は、余裕がなくて性欲のせの字も湧かなかった。自慰をしたのがいつなのか思い出せないくらいだったのに、これも健康になった証拠なのだろう。

だがしかし、青洲に気づかれたらと思うと今は喜べない。

「苑ちゃん?」

モジモジしていたら不思議そうに声をかけられて、慌てた。どうにか気を逸らさなくては。

「あ、えっと、おつまみをもう少し、持ってきましょうか」

下半身の変化に気づかれないように、どてらの前を掻き合わせ、急いで立ち上がった。

青洲が「あ」と、声を上げて手を差し伸べる。

「危ない」

勢いよく立った拍子に、炬燵の天板を膝で押し上げてしまった。天板がガタンと音を立て、大きく上下する。

徳利が青洲の方へ倒れそうになるのを目にして、苑は咄嗟にそれを手前に引き寄せた。

もちろん徳利は倒れ、熱い酒がどぼっと下半身に降りかかる。失敗した。

「熱っ」

「苑ちゃん」

青洲が血相を変えて、立ち上がった。

「歩ける？　おいで。風呂場で冷やそう」

驚くくらい真剣な表情で、苑を連れていこうとする。

「あ、でも、炬燵布団が」

「そんなのいいから」

苑がぐずぐずしていると、抱えて運びそうな勢いだった。

青洲に促されるまま、風呂場へ向かう。どてらだけ脱がされ、ジーンズの上から冷たいシャワーをかけられた。

「冷たいけど我慢して」

勃起しかけたそこは、この騒ぎでびっくりしたせいか、すっかりおとなしくなっていた。

ほっとしたのも束の間、青洲がシャワーを止める。気がかりそうに、熱燗を浴びた苑の下半身を見下ろした。

「このまま服を脱いでも大丈夫だとは思うけど。痛みはどうかな」

「少しも。なんともないです」

さっき酒をかぶった時には一瞬、熱いと叫んでしまったが、大して熱くなかったかもしれない。なんともないと聞いて、青洲はようやくホッとした表情を見せた。

「我慢しないでね。いちおう、赤くなってないか確認してみて」

それはつまり、脱いで確認してみろ、ということだ。苑は躊躇（ちゅうちょ）した。

しかし、別にパンツまで脱げと言われたわけではない。ジーンズも靴下もびしょびしょだから、どのみち脱がなくてはならない。

躊躇している間に、青洲は靴下を脱ぎ捨て、濡れたズボンの裾をたくし上げながら風呂場を出ていった。

苑はそろそろとズボンを脱ぐ。酒をかぶったところは、なんともなっていなかった。それよりも、またゆるゆると反応している下半身の方が問題だ。

下着が濡れて肌に張りついているおかげで、形を変えていることがはっきりわかる。

このところ自慰をしていなかったし、少し酒が入ったことで余計に勃ちやすくなっているのかもしれない。

(どうしよう)

早く鎮めないと、青洲に見られてしまう……と、思ったらさらに硬くなった。変態か。

そうこうしているうちに、青洲が自分の部屋からバスタオルを持って戻ってきた。

「大丈夫?」

ひょいと風呂場を覗く。たぶん苑は、深刻な表情をしていたのだと思う。目が合った途端、青洲が真剣な顔で風呂場に入ってきた。

背中を丸めて途方に暮れた苑の下腹部を見て、身体を弛緩させる。

「おお、元気そうだね」

しみじみとした声音で言った。かあっと顔が熱くなる。

(青洲さん、デリカシーがないっ)

気づかないふりをしてくれればいいのに。思わず相手を睨むと、青洲は驚いたように目を見開いた。それでもまだ、じっとこちらを見ている。

「み、見ないで……」

どうしてそんなに見るのだろう。恥ずかしくて涙目になった。すると、青洲はさらに目を見開き、苑を強く見つめる。

「その顔でそういうこと言われると、余計に目が離せないんだけど」

「な、なんで」

何を言っているのだろう、この人は。混乱する苑の前で、青洲はやにわに服を脱ぎ出した。

「やけどは大丈夫そうだから、温かいシャワー浴びよう」

言いながら、ぽいぽいと上も下も脱いでしまう。美しい裸体が露わになって、苑はついつい見入ってしまった。

初めて店に迷い込んだ夜、半裸を見た時も綺麗な身体だと思ったが、あの時は青洲がおかしな変装をしていたので意識せずに済んだ。でも今は、美男子のヌードを差し向かいで見せられている。意識するなという方が無理な話だ。

「ほら、早く脱いで。風邪ひいちゃうよ」

全裸になった青洲が、苑のセーターをぺろんとめくる。

「あ、あの、自分で……」

言いかけて、目の前の男の性器が半勃ちになっているのに気づき、思わず目が吸い寄せられた。

青洲は苑の視線に気づき、恥ずかしがるでもなくにこっと笑う。

「ね、お互い様だから。恥ずかしがらなくても大丈夫」

「いや、お互い様って……なんで」

ドキドキした。どうして青洲まで勃起してるんだろう。

「さあ、なんでだろうね」

自分でも不可解だ、というように首を傾げる。それから、さらっとつけ足した。

「苑ちゃんが可愛かったからかな」

本当にさらさらっと、何も考えてなさそうな笑顔で。

「か、かわ……」

真っ赤になっていると、青洲はふふっと笑う。苑がすっかり服を脱いで全裸になると、熱いシャワーをかけてくれた。

「うん。可愛かった。勃起ちんぽ押さえながら、涙目になってるところとかが」

「………っ」

爽やかな笑顔で、何を言っているのだろう、この人は。宇宙人だろうか。

でも、そんな青洲にドキドキしている自分もどうかと思う。思うのだけど、胸の動悸が治まらない。

「また、大きくなったね」

苑の下半身を見て、青洲は甘やかに目を細めた。言葉に促されるように見下ろすと、苑の性器はますます勢いを増している。そして向かい合う青洲のそれも、今や大きく反り返っていた。

「せっ、青洲さんこそ」

「うん、俺も。お互い様ってことで」

またもや、しれっと言う。さらには、

「それ、抜いてもいい？」

なんてことまで言い出した。

「え、ぬ……？」

「嫌かな」

悲しそうな顔をするのは、ずるいと思う。苑が「い、嫌では……」と、口ごもりながら言うと、明るい太陽みたいな笑顔になった。さっそく手が伸びて、苑の性器を握る。

た。

「こういうの、誰かにされたことある？」

こういうの、と言いながら、ぬこぬこと性器を擦る。気持ちよくて、ひとりでに声が出た。

「ん……ひっ」

「あ、あ」

「あるんだ」

「……っ、ない、ですっ」

「そうか。じゃあ、俺が初めてなんだ」

青洲はひどく嬉しそうに笑うと、手を速めた。

「や、あっ」

なんだろう。何をしてるんだろう。

苑は同性しか好きになれなくて、青洲もそうだと聞かされて……ゲイ同士だから、こんなことも簡単にするのだろうか。

「俺も一緒に、してもいい？」

どういう意味なのか、苑はその時すでに、快感に息も絶え絶えになっていて、言葉の意味が理解できなかった。

反射的にうなずくと、青洲は自分と苑の性器を合わせ、大きな手でまとめて擦り上げた。

一緒にって、そういう意味か。そんな思考がよぎったのも束の間、強い刺激に腰がずり上がる。

「や……あっ？　あ、あっ」

顔を上げると、すぐ間近に青洲の美貌があった。いつもの飄々とした彼ではなく、熱を孕(はら)んだ目が苑を見つめている。雄臭い色気が滲(にじ)み出ていて、性器への刺激も相まって、苑はすぐに絶頂を迎えた。

「う、んぁ……っ」

苑が精を吐くと、青洲もぐっと息を詰める。美しい眉根を寄せて、目を細め、睨むように苑を見据えた。

今まで見たことのない男の表情に、苑はぞくりとする。

次の瞬間、腹と性器に熱くどろりとしたものがかけられて、射精とはまた別の快感に恍(こう)惚(こつ)とした。

苑の身体に飛沫(ひまつ)を振りかけた男は、射精を終えると大きく息をつく。同じく息をつく苑を見つめ、ふっと笑った。美貌が近づいてくる。

キスされる、と思ったのに、唇は途中でそれて、苑のこめかみでチュッと音を立てた。

「可愛い、苑ちゃん」

うんと甘く微笑まれて、苑はめろめろになった。

こんなエッチなことをされて、可愛いなんて言われて、これはもう……。

（もしかして、青洲さんも俺のこと……）

幸せでいっぱいになった、その時だった。青洲は苑から身体を離すと、

「はー、すっきりしたねえ」

トイレから出てきたみたいな、爽快な声を上げた。続いて「すっきり、さっぱり！」と擬態語を繰り返しながら、苑と自分の身体をシャワーで洗い流していく。

「今夜はよく眠れそうだな」

ご機嫌な様子でつぶやく青洲に、色っぽい雰囲気はもう、微塵（みじん）も感じられなかった。


青洲は謎多き人物だ。

恋人はいないと言っていたけれど、過去にはきっといただろう。苑のものを手で扱いた時の様子では、なんだか慣れた感じだった。こめかみにキスした時も自然だったし。

だいたい人に手コキをしておいて「すっきりした」で、終わらせるあたりがもう、苑とは違う次元にいる感じだ。

たぶん青洲は遊び人なのだ。きっとそうだ。

あの夜の出来事は、苑としては、世界が一変するくらいの大事件だった。

でも青洲は、シャワーで温まった後、普通に居間の後片づけをして、何事もなかったかのように、

「そろそろ寝よっか」

と、爽やかな笑顔を向けた。

——さっきのあれは、なんだったんですか？

問いかけというか、ツッコミが喉まで出かかったけれど、口にしなかった。なんだかろくでもない答えが返ってくる予感がしたからだ。

それでもう苑は、あの夜のことをラッキースケベだと思うことにした。

恐らく青洲にとって、あれは大した意味はなかったのだ。

向こうがあまりにも普通に接してくるおかげで、苑も青洲を必要以上に意識せずに済んだ。

時々、風呂の中や自分の部屋で、あの時のことを思い出してムラムラッとしてしまうが、発散させればまあ、問題はない。

それでいいのか、と思わなくもないけれど、あの行為は嫌ではなかったし、青洲のことも嫌いになれない。というか、今もすごく好きだ。

ただ、彼が変人だということは心に留めておこうと思った。かっこいいし優しいし紳士

だけど、彼はたまに宇宙人になる。

またエッチなことされたらどうしよう……と、多少の期待を込めてドキドキしていたが、その後はなんということもなく平和に時が過ぎていった。

あっという間に年を越して、正月が終わり、一昨日、松が取れた。

「苑君もだいぶ、セイさんの助手が板についてきたねえ」

注文された熱燗をカウンターに運んだら、白髪のおじいさんに目を細めてそう言われた。

苑が最初の夜に食堂で会った、フライドチキンのおじいさんこと、夏泊飛呂彦(ひろひこ)氏だ。

彼はこのまぼろし食堂に週に一度は来る常連さんだ。青洲たちが住むより前、十五年間この下宿屋に居候していたという猛者である。

なんて言うと、人生の落伍者(らくごしゃ)みたいだが、今はちゃんと歴史研究家という肩書を持って仕事をしている。

「板につく、ってほどでもないんですけど」

夏泊の言葉に照れながらも、でもそうかもな、と自分でも思う。

青洲の助手を仰せつかってから、店のこともだいぶ覚えた。料理もちょっとはできるようになったし、酒を作ったりつまみを出したり、一通りはできる。

最初はカウンターに立つのも緊張したが、店といっても客は内輪ばかりなので、気楽で楽しい。それに、

「年末と正月で鍛えられましたから」

苑が言うと、夏泊も「ああ、そうだよねえ」と苦笑する。

「本当に、今年は苑ちゃんがいてくれたから、すごく助かったよ」

コンロで子持ちししゃもを炙りながら、青洲も言った。

年末、根室は実家に帰省し、知多は付き合って八年になるという彼女と温泉に行った。青洲とおせちを作り、一つ屋根の下に二人きりなことに、ドキドキした。

でもそれも、三十一日の昼までだった。

夕方になると、下宿屋のOBたちが、ちらほら店にやってきた。夏泊も三十歳年下の奥さんと一緒にやってきて、そこから客は途切れることがなかった。

毎年、年末になると、店にはOBやらご近所さんやら、はたまたその家族や友人たちが入れ替わり立ち替わりやってきて、どんちゃん騒ぐのだという。

苑も除夜の鐘を聞きつつ、そのバカ騒ぎに交ざった。つくづく、下宿屋が雑木林の中にあってよかったと思う。

朝まで騒いで、夕方になると再び人が集まる。そんなことが三が日の間ずっと続いた。

客といっても、みんなめいめいに土産の酒やつまみを持ち寄って、勝手知ったる家とばかりに自分たちで皿を並べ、酒を出し、片づけまでやってくれるのだが、青洲の料理を楽しみにしている人も多い。

そんな人たちのために、青洲は腕を振るい、苑もそれを手伝って大忙しだった。

三が日が終わってもまだ、まばらに年始の挨拶に来る客がいて、この数日でやっと通常運転になった。

年末年始、ずっと青洲と二人で店に出ていたせいか、苑も青洲に対して、最近はわりと思っていることを言えるようになった。

「苑ちゃんのおかげで、店も下宿屋もずいぶん綺麗になったんだよ。そこの椅子のクッションも、苑ちゃんのお手製」

炙ったししゃもを夏泊に出して、青洲は我が事のように胸を反らした。

日頃からよく、青洲は褒めてくれるけれど、お世辞は言わない。だから青洲が褒めてくれるなら、本当に役に立っているのだ。

「もうさ、セイさんとこに就職しちゃったら。永久就職……ってのは、意味が違うか」

夏泊が冗談交じりに言う。永久就職、という言葉に一瞬ドキッとしたが、いえいえ、と笑ってかぶりを振った。

「そろそろ、真面目に就職活動を再開しようと思ってたところです」

身も心もすっかり元気になった。年末年始は大変だったが、美味しいおせちも食べたし、お客さんがみんな何かしら手土産を持ってくるので、毎日贅沢(ぜいたく)な食生活だった。

もうすぐ、雇用保険の最初の給付が下りる。そうしたら一度実家に帰って、それから本格的に就職活動を再開するつもりだ。

「そうなんだね。苑君は、前は玩具メーカーにいたんだっけ」

「はい。営業職で」

前職の話にも、普通に受け答えできる。前はその話題に触れられると、心臓がひやりとしたものだ。

「次も営業職を狙うべきなのか、まだ決めてないんですけど」

自分に何ができるのか、はっきりとわかっていない。新卒で一年半、働いて、その知識がよそで役に立つものなのか。心機一転、もっと自分に合った別の職種を探すべきなのか。

「迷ってるなら、焦らずゆっくり探してみたらどうかな。せっかくここにいるんだしさ」

夏泊はのんびり言う。青洲が一通りつまみを作り終えたので、二人で皿を運んだ。今日は夏泊の他にお客がいないから、青洲と苑もカウンターに移動する。

苑が間に挟まれる形で、三人揃うとお猪口で軽く乾杯した。

「はい。焦らないようにって、それだけ心に決めてます。ここでこうして、青洲さんの助手をやってるのも楽しいですし。楽しすぎて困るっていうか」

ずっとこのまま、モラトリアムをしていたくなる。

「楽しいなら、しばらくこのままでもいいんじゃないかなあ。ね、セイさん」

夏泊が話を振ると、青洲はお猪口をぐいと飲み干し、「そうだねえ」と、うなずくでもなく答えて、隣の苑を見た。

「しばらくっていうか、ずっといてもらいたいなあ。ちいママも板についてるしね」

「ちいママ、ですか」

「じゃあ、セイさんはママだ」

夏泊が大きなお腹をゆすって笑う。それからふっと、遠くを見る目になった。

「そういや昔、セイさんが若い頃もそうだったな。太郎さんがマスターで、セイさんが助手でさ」

太郎の名が出て、苑は心がちくりとした。また青洲が、あの悲しげな顔をするのではないかと思ったからだ。

でも青洲は「そうだった」と、楽しそうに笑っただけだった。

「俺は苑ちゃんほど、真面目に仕事しなかったけどね。飲んで食ってばかりで。仕事もそんなに真剣に探さなかったし。あの頃はそれでも、自分なりにもがいてたんだよ。ここにずっと居候するのかって、焦りもしたしさ」

青洲の言葉に、夏泊がうんうん、とうなずく。苑が以前、覚えた焦りは、誰しも通る道なのだ。

「だから苑ちゃんも、迷ってるならゆっくり迷って悩めばいいよ。その間に自分の好きなことをやるとか、一から探してもいいんじゃないかなあ」

そこまで悠長にしていて大丈夫かな、という気持ちがまだ、苑にはある。

来年は二十五歳。多くの人たちから若いねと言われる年齢だが、四捨五入すると三十で、そう思うともう、今さら自分探しなんてしている場合ではない気がする。

「でも俺、社会に出て一年半でリタイアしちゃいましたからね。このまま働かない癖がつくんじゃないかなって、心配で」

「まあ、心配は尽きないよね。僕なんかモラトリアムのまま、四十までここにいたからね」

夏泊は聞くところによると、某一流大に在学中、この下宿屋に転がり込み、留年を繰り返して、卒業後も居ついて十五年、ほぼ家賃を入れず暮らしたという。

大学時代に専攻していた日本の歴史と習俗の研究にのめり込み、フィールドワークと称してあちこち出かけていたそうだ。

バイト代は旅費や書籍代につぎ込んでしまい、結婚して下宿屋を出るまで実家から仕送りをしてもらっていたらしい。

失礼ながら、奥さんはよくそんな男と結婚したなと思うし、先代の大家が十五年もの間、居候させていたのもすごい。

それでも今ではひとかどの研究者として、書籍を出版したり、ごくたまにテレビに出たりしている。先日は大河ドラマの再放送で、夏泊の名前がテロップに上がっているのを見た。

夏泊だけではない。知多だって実は、巷のオフィスでもよく使われている、有名なテキストエディタの開発者で、その有償版ソフトの売り上げでかなりの収入があるそうだ。

根室なんて、航空機の素材だかなんだかの研究をしていて、すでに特許を持っている。こちらは滅多に使われない技術なので、特許収入はゼロに等しいそうだが。

みんなやりたいこと、やるべきことを持っている。苑には何もない。

「俺、何がやりたいのかわからないんです。いい年なのに」

「誰しもが、夢を持ってるわけじゃないからね。でも、苑ちゃんができることはいっぱいあるよ」

そう言って、青洲はカウンターを示した。カウンターの壁に、以前はなかった黒板がかかっている。青洲の許可を得て、苑が用意したものだ。

「あ、これ。やっぱり苑君が描いたんだ」

夏泊も「へえ」と感嘆の声を上げた。

黒板にはその日のメニューに、猫のイラストが添えてある。猫はいちおう、キジえもんのつもりである。

ここにはメニュー表がなかった。その時にあるもので青洲がつまみを作るからだが、やっぱり客には「今日は何があるの」と尋ねられる。

年末年始の繁忙期、頻繁に聞かれて大変だったので、もういっそメニューボードを置きましょうよと苑が提案したのだった。

「書くのが面倒で置いてなかったんだけど、あると便利だよね。苑ちゃんが書いてくれるし」

「この猫、きっちゃんだろ。可愛いねえ」

モデルのキジえもんは、夏泊の隣の席にいた。名前を呼ばれて、ぴぴっと耳だけ動かす。自分が可愛いと言われたと思ったのだろうか。なんとなく得意げな顔をして、ふすっ、と鼻を鳴らすので、三人で笑ってしまった。

「絵が上手でびっくりした。店のクッションだってサッと作っちゃうし。なんでも手際がいいだろ。苑ちゃんは会社でも優秀だったんじゃないかな」

青洲がべた褒めするので、どんな顔をしていいのかわからなくなった。

「優秀ではなかったです」

上司からはさんざん、グズとか使えないとか言われ、疋田からは「小路はなかなか仕事を覚えられないなあ」と、よく苦笑された。新人の頃についてくれた女性の上司だけは、覚えが早いね、と褒めてくれたけれど。

青洲はお世辞を言わない人だけど、苑が優秀というのは、さすがに身内びいきに思える。

「上にいたのがクソの上司と先輩だから、なかなか評価されなかったかもしれないけどね。

もっと自信を持っていいよ。苑ちゃんはできることがいっぱいある優秀な子だ。それに真面目で努力家だし。だからきっとそのうち、自分にぴったりの道が見つかると思う」

「そうでしょうか」

まだ半信半疑でいると、青洲は「うん」と、自信満々にうなずいた。

「見つからなかったら、その時はうちで一生働けばいいよ。永久就職」

甘い言葉にドキッとする前に、彼の瞳がとろんとしていることに気がついた。

「青洲さん、かなり酔ってますね」

夏泊が来る前に、別に一組客が来て、青洲はかなり飲まされていた。彼は酒に強くて、どんなに飲んでも顔色が変わらないから今まで気づかなかったが、酔う時は酔う。

「なんでわかるの」

へらっと笑った。この顔は、正月のどんちゃん騒ぎにも見た。相当酔っている。

「セイさん、もう奥で休んだら」

夏泊が声をかけると、青洲は「でも」と、ためらう様子を見せる。

夏泊が来て、まだ一時間も経っていない。途中で帰すのは申し訳ないと思っているのだ。

「ちいママさんがいるから大丈夫だよ。ね」

「はい。任せてください」

すっかりちいママにされてしまったが、苑は胸を叩いた。夏泊はこの店で一番の常連で、苑も気心が知れていた。何も心配はない。

青洲もそう考えたのか、「じゃあお言葉に甘えて」と、席を立った。

「苑ちゃん、よろしく。ヒロさんもごめんね」

挨拶をして、カウンターの後ろにある引き戸をくぐって母屋に戻っていく。

足取りも言葉遣いもしっかりしていたが、気が抜けたのか眠そうにあくびをしていた。

「相当飲んでたね、ありゃ」

青洲の後ろ姿を見送って、夏泊がつぶやく。

「はい。先に来たお客さんが、久しぶりに見えたＯＢで。たくさん飲まされちゃって」

かつての下宿人で、今は北海道で整体師をしているのだという。身体の大きな厳つい人で、ノリが体育会系だった。

「ああ、由良(ゆら)君だね。柔道家みたいなごつい身体の」

北海道の整体師、と聞いて、古株の夏泊はすぐ誰かわかったようだ。

「元プロ野球選手なんだよ。ほんの一時だけどパ・リーグで活躍してた」

故障が続いて引退し、その後、つまらない喧嘩が発端の傷害事件を起こして懲役をくらい、出所後にしばらくここで下宿していたそうだ。元天才高校球児、元プロ野球選手の凋落(ちょうらく)として、一時はマスコミを騒がせたらしいが、苑が赤ん坊の頃だったので知らない。

「……本当に、ここはいろんな人がいたんですね」

さらっとお客のヘビーな半生を聞かされて、苑はそんな感想しか言えない。

「そうだね。一癖も二癖もある人が多かったね。人が多い時は喧嘩もあったし。でも、先代が日向の猫みたいにのんびりした人でさ。なんとなく丸く収まってた。あれは不思議だったなあ」

「太郎さん、ですね」

この年末年始、いろいろなOBがやってきた。たまに昔の話になって、そうすると先代の話がぽつぽつと出てくる。

それらの話を繋ぎ合わせ、島原太郎の人物像がぼんやりと見えた。

小柄な人、おっとりのんびりした性格。怒ったところは見たことがないが、時に言いにくいこともずばりと言う。

料理が得意だった。裁縫や家事全般もこなした。

若くして亡くなった、と誰かが言っていた。あんなに早く亡くなるとは思っていなかったと。苑はなんとなく、かなりのお年寄りを想像していたから、意外だった。

実際にいくつで亡くなったのかはわからないが、きっと病気にさえかからなければ、まだ元気に生きられたのだろう。

「もう三年になるんだなあ」

隣のキジえもんを撫でながら、夏泊が遠くを見てつぶやく。

「青洲さんはまだ先代の……太郎さんの話をする時、寂しそうな顔をします」

三年経っても忘れられない。ただの大家と店子の関係ではなかった。恩人で、でもそれ以上の何かがあったのではないかと、苑はいつ頃からか考えるようになった。

青洲は、太郎のことが好きだったのではないか。そう考えるのは、穿ちすぎだろうか。だって太郎の話をする青洲は、とても切なげで痛そうなのだ。

「ああ、セイさんはね。彼にとって先代は、特別な人だったから」

答えた夏泊の声もどこか寂しげで、ああやっぱり、と思ってしまった。

「二人の間にはいろいろあってね。といっても、お互いのことを思うからこその行き違いだったんだけど。セイさんが成功してここを出た後、その行き違いのせいでしばらく疎遠になってたんだ。セイさんが仕事を休憩している間もずっと、この店にも足を踏み入れなかったんだよ。先代が亡くなる直前までね」

太郎の病気は、偶然見つかった。その時にはもう、かなり病気が進行していたそうだ。

「最初はすぐ治る、なんて言ってたのにね」

夏泊の声はしんみりしていた。

下宿屋から遠ざかっていた青洲には、夏泊と知多が連絡を取った。

太郎が余命いくばくもない。それを聞いた青洲は、その日のうちに戻ってきたそうだ。

過去の行き違いなどと、言っている場合ではなかったのだろう。

それから青洲は毎日のように入院している太郎を見舞い、太郎の代わりに下宿屋の管理を担った。

太郎と青洲の間でどのような話がされていたのか、当人以外は詳細を知らないが、下宿屋を続けたいと申し出た青洲に、太郎が死の間際になってようやく了承した。

そして太郎は最期に、下宿屋の現役、OBたちに見守られ、静かに息を引き取った。

「セイさんが戻ってきてから太郎さんが亡くなるまで、三、四か月くらいかなあ。ほんとうにあっという間でさ。セイさんからしたら、まだ恩返しを終えないうちにいなくなってしまったんだ。やるせなかったんだろうね」

だからまだ、太郎を失った悲しみをすっかり受け止めることができずにいるのだと、夏泊は言う。

「でも、最近はだいぶ元気になったなって思ったよ。今年の年越しで、そう感じた。一人で殻にこもってることがなくなった。今日のも空元気じゃなくて、本当に元気みたいだし」

苑にとって青洲は、いつでもゆったりして、どこでも心を全開放している人だ。だから夏泊の言葉は意外だったが、彼の方が苑よりも青洲のことをよく知っている。

「以前の青洲さんとは、そんなに違う感じなんですか」

「そうだね。まあ、太郎さんが亡くなった当時は、僕も含めてみんな喪失感に耐えてたけど。セイさんが一番、太郎さんを慕ってたから。あの世で見てる太郎さんに心配かけないようにって、頑張ってたな。自分のことも、この下宿屋のことも。今も頑張ってると思う」

青洲は、出会ってからいつも苑を慰め、励ましてくれた。そんな彼もまた、立ち直ろうと足掻いていたなんて。

「でも、苑君が来てから元気になったよ」

優しい目で、夏泊は苑に微笑む。

「生きる張り合いができたっていうかね。君と一緒にお店に立ってる時なんか、楽しそうだし。この分だと、そのうち仕事も再開するかもしれない」

仕事ってなんだろう、と苑は首をひねった。さっきも言っていた。仕事を休憩していると。小説家ではなく、別の仕事があるのだろうか。

「あ、そうか。まだ苑君は知らないのか」

訝しむ苑を見て、夏泊は小さな目を見開いた。

「小説家じゃないんですか」

「うん、そうなんだけど。セイさんの書斎の本棚、見たことある？」

「ちょっとだけ。エッチな本と怖い本が並んでました」

「はは。なんだ、そっちだけ知ってるのか。彼、別のジャンルでも書いてたんだよ。わりと有名だと思う」

今度、もっとよく本棚を探してみてごらん。

いたずらっぽい顔で、夏泊はそんなことを言った。


青洲の書斎には、今までほとんど立ち入ることがなかった。

本がたくさんあることは知っていた。書斎には、壁に設えられた書棚の他、押し入れも書庫にしているそうで、この部屋の本は好きに読んでいいよと、下宿したての頃に言われた。

しかし、人様の仕事場にむやみに入るのは気が引ける。苑は壁の書棚から、青洲が書いた怖い本を数冊、借りたことがあるだけだった。

最初に読んだ一冊がすごく怖くてちびりそうだったので、それ以降は読んでいない。

けれど夏泊の言葉が気になって、そのすぐ翌日、夕飯を作っている時に、青洲にそっと尋ねてみた。

「あの、青洲さんの書斎の本棚、よく見てもいいですか」

今夜のメニューはカレーだった。根室が、いつ帰れるかわからないけど夕飯は食べたい、と言い、知多が、なんかスパイシーなものが食べたい、とリクエストしたからだ。

青洲のカレーには、いろいろなレパートリーがある。市販のルウを使ったものから、小麦粉とバター、カレー粉で仕上げたもの、出汁をきかせた和風カレーと、タイ風カレーにインドカレーなど。大量に作っておけるので、種類を変えてよく作る。

今日は「ちょびっと本格インド風カレー」だった。「ちょびっと」とか「インド風」とか、ところどころ自信なさげなのは、

「本格を名乗るほどインドカレーを知らないから」

なのだそうだ。謙虚である。でも、インドカレーもタイカレーもごっちゃになっている苑からすると、青洲のそれはじゅうぶん本格的だった。

最初に油で数種類のホールスパイスを炒めるところから、もうプロっぽい気がする。続いて玉ねぎ、みじん切りにしたニンニクと生姜を炒めて、さらに何種類ものパウダースパイスを炒めるともう、食堂はインド料理店みたいな香りに満たされていた。

大量のみじん切りを手伝った苑は、忘れないように青洲の隣でメモを取っていた。おせち作りを教わったあたりから、苑はご飯作りにも参戦し、こうしてレシピを記録している。

青洲はレシピが豊富だが、記録は一つもない。分量を聞いても「なんとなく」だし、作り方を口述してもらうと、「ちょろっと加えて」とか、「ぱっと炒めて」とか、アバウトすぎてよくわからないので、見て覚えるしかないのである。

そういえば、実家の母や祖母もそんな感じだった。

「ヒロさんから昨日、なんか言われた？」

鍋に刻んだトマトを放り込みながら、いたずらっぽく青洲が聞き返してきた。図星だったので、ギクッとする。

「えっ、いえ……その。俺が青洲さんの仕事のことを詳しく知らないみたいだから、書斎の本棚を見てみたらって」

黙っておけず、ごにょごにょと白状する。青洲は鍋を見たまま小さく苦笑した。

「それはまた、気になる言い方をしたもんだね。まあ俺も、積極的に伝えようとはしなかったけど。それほどたいそうな正体じゃないんだ」

そう言われたら、ますます気になる。

「机の上の物を動かさなければ、あとは自由に見ていいよ」

青洲に許可をもらったので、苑は食事の後に書斎の本棚を探してみることにした。

でも今は、とにかく夕飯だ。

「くぅ……辛い」

今日は青洲と苑、知多で食卓を囲み、出来たてのカレーを食べた。知多がカレーを頬張って、辛さにひーっと悲鳴を上げる。

辛いのが食べたい、と知多が言うので、彼の分だけ後から辛さを足したのだ。

ひーひー言いながら、それでも二口三口と、立て続けに口に入れている。

「はぁ〜癖になる」

苑のは、ちょうどいい辛さだった。スパイスの奥からニンニクと生姜の香りが現れて、複雑で濃厚な風味を醸している。ターメリックライスにぴったりだ。インド料理店のカレーと比べても、遜色ないと思う。

「これはもう……本格と呼んでいいんではないでしょうか」

はふはふと、濃厚なカレーが絡んだ鶏肉を頬張りつつ、苑はジャッジする。青洲も難しい顔を作った。

「うん。今回のはなかなかだな。でも、俺が師と仰ぐご近所の『マハラジャ』さんとは違う味なんだよね。スパイスの配合が複雑なんだよなあ」

「じゃあ今日からこれは、新本格と呼ぼう」

知多も汗をかきながら神妙に言う。みんな、どこまで本気なのかわからない。

カレーはまだ鍋にいっぱい残っている。一晩置くと味がなじみ、鶏肉の奥まで味が染み込むのだそうだ。二日目のカレーというやつである。明日またこれを食べるのが、今から楽しみでならなかった。

食後には、青洲がカレーに入れた残りのヨーグルトでラッシーを作ってくれた。口の中がさっぱりしたところで、知多が食器を洗ってくれることになり、苑は青洲の書斎へ向かった。

書斎は以前入った時と変わらなかった。適度に散らかっていて、適度に片づいている。床に書類など紙類が積まれているが、壁の方に寄せてある。掃除機も定期的にかけているようで、畳の上はまあまあ綺麗だった。

(青洲さんの匂いがする)

部屋の匂いを吸い込んで、そんなことを考えてしまい、一人で焦った。

頭を一つ振り、壁際にある細い書架を上から下まで眺める。やっぱり、エッチな本と怖い本しか見当たらない。

「ヒロさんが言ってたのは、押し入れの本のことだと思う」

いきなり青洲の声がした。苑がびっくりして飛び上がると、廊下にいた青洲は「ごめんごめん」と笑いながら中に入ってくる。

それから、戸口の横にある押し入れをすらりと開けた。上段と下段に本棚が入っていて、それぞれにぎっしり本が詰まっている。

「俺の過去の著作と、資料の一部。あとの蔵書は貸倉庫に預けてあるんだ」

押し入れの蔵書も、結構な数だった。これが一部とは。

「あ、じゃあ、拝見します」

苑がおずおずと押し入れに近づくと、青洲は「どうぞ」と、横に退いた。

上の棚は実用書だったり料理の本だったり、ジャンルが様々だ。下の棚に目をやって、すぐ気づいた。

「あっ、まぼろし食堂だ！」

苑が子供の頃に読んだ、大好きな「モフおじさんのまぼろし食堂」シリーズが、棚の一番下に全巻揃っていた。

さらに同じ著者の児童書「怪盗王子」シリーズも全巻ある。著者は、「あおいなみ」。だから苑はずっと、著者は女の人だと思っていた。

「青洲さん、これ……」

振り返ると、どてらを着た美男子は困ったような顔で微笑んだ。

「うん。俺が書いた本、です」

微笑みの中、青洲の瞳は反応を窺うように、苑を見つめていた。

「苑ちゃんが俺の本の読者なのは、知ってたんだ。出会った最初の夜に、抱きつかれてモフおじさんを連呼されたから」

「あの時は、重ね重ねすみません」

苑は炬燵の上で頭を下げる。ふわりと甘いミルクティーとスパイスが香った。

二人は居間に移動していた。知多は洗い物の後すぐ自分の部屋に引っ込み、苑も一度部屋へ行った後、居間に戻った。青洲が台所でチャイを作って持ってきてくれた。

スパイスと茶葉をミルクで煮たチャイは、甘くてスパイシーで、身体が温まる。

「いえいえ。あとは引っ越しの時、苑ちゃんの本棚にこの本があったから。読んでくれてたんだなあって。はい、どうぞ」

青洲は、まぼろし食堂の第一巻に「あおいなみ」のサインをして、苑に返してくれた。

「わあ、ありがとうございます！」

中表紙に本物のサインが書かれているのに、感激する。サインしてもらったのは、青洲の書斎にあった本ではなく、苑が実家から持ってきたものだ。初版で、子供の頃から繰り返し読んでいた思い出の本。背表紙が擦り切れているが、大事なものだった。

本を閉じ、もう一度開いて確認し、ふうっと満足のため息をつく。それから青洲がじっと自分を見つめているのに気づき、はたと我に返った。

「すみません、一人で浮かれて。俺、子供の頃からモフおじさんのファンだったんです。怪盗王子シリーズも好きだったけど、特にこっちが大好きで」

著者本人に出会えた興奮に、一人はしゃいでしまっていた。しかも、その正体が青洲だったのだ。落ち着こう、と、気持ちを抑えて、サインなどもらうべきではなかったかもしれない、と気づく。

夏泊は、青洲が仕事を休んでいると言っていた。言葉の意味がようやくわかった気がする。

「いや、好きだって言ってもらえるのは、すごく嬉しいよ。まぼろし食堂シリーズは、俺も思い入れがあるから。でもそっか、俺があれを書いた当時、苑ちゃんはガチで子供だったんだな」

苑は、手にした本をめくって奥付の初版発行日を見る。まぼろし食堂シリーズ第一作が発売された当時、苑は八歳だった。

そう告げると、青洲は「うわあ」と、情けない声を上げて天を仰ぐ。

「俺はあの時確か、二十二歳だった。苑ちゃんとそんなに離れてるんだ」

うわあ、と、もう一度つぶやいた。一回り以上離れていたのを再認識し、ショックを受けているらしい。

苑がファンだったり、サインをねだったことについてはなんとも思っていないようで、ちょっと安心した。

まぼろし食堂シリーズは、わりと有名な作品だ。でもそれよりも、後から出た怪盗王子シリーズの方がもっと有名だった。読んだことのない大人でも、名前は聞いたことがあるのではないだろうか。

本が出て間もなく人気に火がついて、公共放送でアニメ化したし、映画にもなった。グッズやおもちゃが数えきれないくらい、たくさん出た。ゲームにもなったのではなかったか。

原作は二十冊ほど出て、苑が成人するくらいまで続いていたはずだ。『怪盗王子　最後のあいさつ』で一応完結したと、いつかネットの記事で見たことがある。

華々しい怪盗王子の活躍に比べると、まぼろし食堂はやや地味で、シリーズは八冊出たがアニメ化もしなかったし、関連商品は苑が玩具メーカーに入るきっかけになった、くだんの玩具が一つ出ただけだった。

原作者のあおいなみがどうしているのか、苑は今まで気にしたことがなかった。なんとなく、今も児童文学を書いているのかもしれないと思っていた。でもあの本棚に、あおいなみの本は他になかった。

夏泊が「お休みしている」と言ったのは、そういうことだろう。

あおいなみは怪盗王子の完結を最後に児童書は書いていない。代わりに別のペンネームで、官能小説とホラー小説を書いている。

「言わなくてごめんね。ここの関係者はみんな知ってるから、俺が言わなくてもいつか苑ちゃんの耳に入ると思ってたんだ。……なんて、ちょっと言い訳かも。本当は怖かったのかもしれない」

「怖い？」

思わぬ言葉が青洲から飛び出して、驚いた。青洲はもう苑を窺い見ることはなく、手元のチャイのカップを見つめている。

「怪盗王子、有名だっただろ？　あれ、本当にすごく売れたんだ。本もだけど、アニメとかグッズとか玩具とか、版権関係のものがめちゃくちゃ売れて。生々しいこと言ってごめん」

青洲が話をしかけて、途中で申し訳なさそうに謝るので、苑はかぶりを振った。

「あ、いえ。俺も玩具メーカーにいましたから」

苑の会社はそれほど有名な商品は扱ってはいなかったが、玩具業界が子供に夢を見せるだけではない、相当にシビアな業界だということはわかっている。人気の作品にはそれだけ金も動く。

子供が大好きなアニメや特撮のストーリーだって、スポンサーありきで展開が変わることだってある。

前の会社にいて、メーカーの華やかな部分はほとんど見たことがなかった。営業部の、しかも裏方で数字ばかりこねくり回して、子供や顧客のことなんて考える余裕がなかった。

「俺も社会人ですし。大人の事情も少しはわかります」

苑が言うと、青洲はホッとしたようだった。彼がこれほど苑の反応を気にするのは、初めてかもしれない。彼は何を怖がっているのだろう。

「苑ちゃんを信用してないわけじゃないんだ。過去のトラウマってやつ。怪盗王子が爆発的にヒットして、いろいろ環境が変わったから」

青洲はチャイを飲みながら、ぽつりぽつりと過去を話してくれた。

「小説を書いて、あちこち送ったって話はしたよね」

それまで小説など書いたことがなく、勝手も知らなかった。だからとにかく、いろいろなジャンルの話を書いて、出版社に送った。

ここに下宿してフリーター生活を送っていた当時の青洲は、金はないが時間はあった。原稿を送った出版社からは、ほとんど音沙汰はなく、唯一拾ってもらえたのが、児童書を専門に扱う出版社だった。

「それがまぼろし食堂の一冊目。この食堂と太郎さんをモデルに書いたんだ」

青洲のデビュー作だ。まぼろし食堂という名前は、青洲がつけた。当時、店にはまだ名前がなくて、まぼろし食堂でデビューした時、太郎が喜んで店の名前にしたのだった。店にかかっている暖簾も、その時作ったものだという。

デビュー作は、新人にしてはまあまあ売れた。それで二作目、三作目とシリーズになり、その後、別の出版社からうちでも書いてくれないかと、声がかかった。

そうして書いたのが、怪盗王子である。

このシリーズはしかし、編集者も青洲自身も、そこまで売れるとは予想していなかった。挿絵は無名の新人で、青洲も特別売れっ子というわけではない。何より青洲自身、新作よりまぼろし食堂に思い入れがあり、こちらの方が面白いと思っていた。

ところが出してみれば非常に好調で、すぐに重版がかかった。二作目でさらに人気が跳ね上がり、三作目の発売でアニメ化の話が持ち上がった。

これも最初は、それほど期待されていなかったのだ。子供番組の中のおまけコーナーに過ぎず、番組の担当者が、まだ知る人の少ない児童書の良品を発掘してきただけだった。

アニメ化されるや、子供たちの人気に火がついた。番組のおまけだったのが、単独作品として制作されるようになり、原作も版を重ねた。

「原作も、早く新作を出せってせかされるようになってね。本音を言えばまぼろし食堂の続きが書きたかったんだけど、当時は人気が出たのが嬉しくて」

デビュー元の出版社からは、まぼろし食堂の新作を書いてくれと言われていたが、どうしても後回しになりがちだった。何しろ、怪盗王子は出せば確実に売れるのである。

ゲイだというだけで家を追い出され、何も持たず腐っていたのに、予期せぬ成功が転がり込んだ。

作品を書くのは大変だが、かといって血反吐を吐くような努力をしたわけではない。青洲にしてみれば文字どおり、幸運が向こうから転がり込んできた、という感覚だった。

とにかく、書きさえすれば売れる。原作を書かなくても、アニメなどの版権や関連商品の売り上げがどんどん入ってくる。

周りの人たちの態度も変わった。出版社の態度も変わったたし、仕事の関係者はみんな、怪盗王子の原作者を下にも置かない接遇ぶりだった。

「俺も変わった。自分が立派になった気がして、傲慢になった。変わらないのは太郎さんと、下宿屋の人たちだけだった。それはすごく貴重なことなんだ。でも当時は、そのことにも気づけなかった」

二十六の時、青洲は下宿屋を出た。仕事をするのに、八畳の一部屋では手狭になっていたし、金もじゅうぶんにあって、食事だって太郎に世話をされなくても、自由にできる。

これ以上、下宿屋に居続ける理由がないと思った。

太郎も下宿人もOBも、みんな青洲の成功と独立を喜んでくれた。

青洲は都心にマンションを買い、事務所兼自宅とした。太郎には感謝していて、しばらくはたまにまぼろし食堂に顔を出したりしていた。

その間も怪盗王子は売れ続け、どんどん金持ちになり、青洲も青洲の周りの人間もおかしくなっていった。

「特におかしくなったのが、恋愛関係かな」

デビュー当時、バイト先で知り合った男と付き合っていた。最初は青洲のデビューを喜んでくれた恋人だったが、怪盗王子の人気が爆発すると、成功をやっかむようになった。もう住む世界が違うと言われ、別れを告げられた。

「最低なのは、俺自身もそのとおりだって思ってたことだね」

ただのアルバイトの若造と、売れっ子作家の俺とは住む世界が違う。いつの間にか、そんなふうに考えるようになっていたのだ。

「最低な人間には、最低な人間しか寄ってこない。まともな奴だって、最低な男と付き合ってるうちにおかしくなるんだ」

そう語った青洲は、過去の自分を笑うような、苦々しい表情をしていた。

「それからは、いろんな男と遊びまくった。俺の正体は教えなかったけど、金払いがいいからモテた。クズだったよ。二股三股は当たり前で、相手の気持ちなんて考えてなかった」

でも、そんな生活もすぐに虚しくなる。

遊びに飽きた青洲は、再び太郎のいるまぼろし食堂に顔を出すようになった。

太郎や下宿屋の面々は、いつも変わらなかった。青洲が何者であっても、彼らは青洲本人を見てくれる。

「下宿屋のみんなに、太郎さんに感謝してた。現状の不満とか虚しさとか、ぜんぶ受け止めてもらって」

怪盗王子さえ書けば、中身がどうであれ評価される。でも書きたいものは書けない。作家としての虚しさ。

その虚しさを埋めようと、気に入った相手と片っ端から付き合っても、心は満たされない。

太郎たちに会いに行った時だけ、その虚しさから救われた。

「卒業したはずの下宿屋に想いが募っちゃって。恩返ししたいって思ったんだけど、方向性を間違った」

青洲はそこで、悲しい顔になった。

「何を血迷ったかあの時の俺は、このおんぼろ下宿屋を建て直してやるって思い立ったんだ。それで、太郎さんに申し出た。ものすごく上から」

もっと立派な建物を建ててあげる。食堂だって、もっとたくさん人が入れるようにしてあげる。間取りまで勝手に考えた。考えることが楽しかった。

「恩返しなんて言って、完全に自分のためだよね」

青洲は自嘲したが、その気持ちはわかる気がした。

苑だって、青洲に恩返しがしたい。この家は確かにおんぼろだ。もしお金がたくさんあったら、自分も建て直しを考えるだろう。

青洲が喜んでくれるのを想像したら、楽しくてそのことで頭がいっぱいになる。

「下宿屋のことだけじゃない、太郎さんの老後の面倒も見るつもりだった。金ならあるから、どうにでもなると思って」

怪盗王子の収入は億単位になっていて、しかも証券会社の担当に言われるまま預金を投資に回したら、どんどん金が増えていった。

「元金が大きいから、配当も大きいんだよ。もう気が大きくなっちゃって」

絶対に太郎は感謝してくれる。そう信じ込んで彼に告げると、あっさり断られた。

──気持ちはありがたいけど、ここは僕の城だから。たとえ君でも勝手にしてほしくないんだ。

戸惑ったような、困ったような、太郎の返事を、青洲は柔らかな拒絶と受け止めた。

「その時まで、太郎さんはなんでも受け止めてくれると思ってたんだ。受け止めてくれて当然だって。自分の親でもないのにね」

──老後も自分のことは自分でできる。それに、下宿屋の人たちもいてくれるから大丈夫。

太郎は言った。それより自分の人生を大切にしなさい、とも。

喜んでくれると思ったのに、拒絶された。しかも青洲を拒んだくせに、下宿屋の他の人たちを頼るようなことを言う。勝手に裏切られた気持ちになった。

「本当に勝手だよね。それで、もういいよ、って思春期の子供みたいに不貞腐れてさ」

それきり、まぼろし食堂には行かなくなり、太郎とも疎遠になった。

自分が悪いことはわかっていたけれど、太郎と会うのが気まずかった。

下宿屋と縁が切れたようになって、青洲の生活はさらに荒れた。自分がなんのために作品を書いているのか、いや、なんのために生きているのかさえわからなくなった。

「子供向けの本なのに、一度だって子供のことなんて考えたことなかったんだ。それに気づいたらもう、書けなくなっちゃって」

出版社に、シリーズを終わらせてほしいと頼んだ。もう児童書なんて書けない。思い入れのあったまぼろし食堂も、書く気力を失っていた。

怪盗王子の出版社には渋られた。社長まで出てきて説得されたが、結局は押しきった。最終巻が出る時には様々なフェアやイベントが組まれ、読者からのシリーズ完結を惜しむ声が届いたが、それさえもう心に響かなかった。

太郎が病に倒れたと知らせが入ったのは、最終巻が発売された直後だ。もう余命わずかだと宣告されたことを聞いて、青洲はいてもいられず、病院に駆けつけた。

何年も疎遠になっていたのに、太郎は変わらない笑顔で青洲を迎えてくれた。

「太郎さんが病気なんて、信じられなかった。まだまだ、この先もずっとここにいると思ってた。俺もいつか、素直になって謝りに行こうって思ってたのに」

青洲はそこで言葉を区切り、苦しそうに眉をひそめた。

横顔を見ているだけで悲しくなって、苑は無意識に、隣に座る青洲の手に自分の手を重ねていた。

青洲がハッとしたように顔を上げ、目を見開く。そこで苑も我に返った。

「す、すみません。つい」

引っ込めようとした苑の手を、青洲が追いかけて摑む。

「ううん。ありがとう」

微笑みにドキッとしたが、あたふたしなかったのは、青洲の手が冷たかったからだ。

「もう少し、こうしていてもいい？」

声音がいつもより弱々しく聞こえて、苑は迷いなくこくりとうなずく。

「まだ、辛いですよね」

太郎の死を受け入れられないのだと、苑は思った。それに対して青洲は、言葉を選ぶように小首を傾げる。

「ううん。辛い、というんじゃないんだ。太郎さんが亡くなったことは、受け入れてる。仕方がないものね。昔の自分の言動を後悔してるし、馬鹿だったなって思う。でも太郎さんは、昔のことについては許してくれた。また会えてよかったって言ってくれたよ」

では何が、青洲を悩ませているのだろう。尋ねたかったが、苑が聞いていいものかどうか、ためらわれた。

「俺がこの下宿屋を継ぐことはね、最後の最後まで渋られていたんだ」

太郎が下宿屋を畳むつもりだと知って、すぐに後を継ぎたいと申し出たそうだ。

「恩返しっていうのも、もちろんあったけど、何よりここをなくしたくなかった。太郎さんの病気があって、久しぶりに下宿屋に戻った時、帰ってきたなって思ったんだ。ここが本当の俺の居場所だったなって」

懐かしい空気、変わらない古い家、食堂。青洲にとって、血の繋がった家族の家ではなく、この下宿屋が実家だった。そう感じたのだという。

でも、太郎には反対された。青洲が、もう建て直すなんて言わない、今のままの下宿屋を大切にすると言っても、首を縦には振らなかった。

——青洲君はまだ、あの下宿屋の大家にはなれないよ。君もいつかは、あの家から卒業してしまう人だから。

太郎はそんなふうに、青洲に言ったのだという。

「まだ、ってどういう意味なんでしょう」

「わからない。俺が作家業で迷っているからかなと思った。物語を書くことをやめて、その先のことは考えてなかったから。でもそう言ったら、それだけじゃないって言われた。それ以上は教えてくれなかった。他人が指図することじゃないってさ。自分で考えろってことだろうけど」

青洲はそれ以上、食い下がることはしなかったという。下宿屋をなくしたくはないが、太郎にそこまで言われては、無理強いできない。

それきり、青洲はその話題には触れず、見舞いと下宿屋の手伝いを続けた。

太郎も何も言わなかったが、ある日突然、話があると言われた。太郎が亡くなる間際のことだ。

「まだ、後を継ぎたい気持ちはあるかと聞かれた。もちろんあると答えたよ」

すると太郎は、条件つきで大家を譲りたいと言った。

まず青洲に、下宿屋の運転資金を用意させた。金額は、ここの土地と家屋の評価額くらいだ。都内で敷地面積も広いから、それなりの金額になる。

その上で、太郎が遺言書で青洲に下宿屋を相続させる。青洲が用意した資金から相続税を差し引いて、残りで下宿屋を運営する。

「運転資金が尽きたら、下宿屋は終わり」

この下宿屋は、もともと儲け度外視で下宿人を住まわせている。

下宿人が増えたり、みんながまともに家賃を払えるようになって黒字になることもあるが、大抵はトントン、赤字になる時も、ままある。

太郎はその前の大家が亡くなった時、土地と財産を譲り受けた。

太郎がそのお金を自分のために使うことはほとんどなく、家の補修や庭の整備、下宿屋の赤字補塡に使っていた。

赤の他人を住まわせ、養うために身銭を切るなんて、常識で考えればおかしな話だ。でもこの下宿屋はそうやって何十年もの間、迷った人を受け入れ、巣立たせてきた。巣立った人たちは折に触れて差し入れを送ってくるし、夏泊などは十五年も居候した分、今も部屋に本を置かせてもらう代わりに、相場より高い家賃を払っている。

そうでなければこの下宿屋は、もっと早くに資金難でなくなっていただろう。いつかはなくなる運命だった。

青洲も、そんな下宿屋の台所事情は知っていた。だから今度は、自分が運転資金を投入しようと思っていたのだ。

「太郎さんには、俺の考えなんてお見通しだったんだろうね。あらかじめ用意しておいた運転資金以外、一文も出すなって言われた」

青洲の資産があれば、少なくとも青洲が生きている間くらいは存続できる。

でもそんなふうに、太郎のように生きることは、太郎本人が許さなかった。

「太郎さんは俺に、俺の幸せを探せと言った。幸せを探して、下宿屋を巣立ちなさいって。この下宿屋は、人生に迷った人間が新しい幸せを見つけて巣立っていく場所だから。でも俺には、太郎さんの言う幸せがなんなのかわからなかった。今もわからないんだ」

青洲の最後の声は、本気で途方に暮れているようだった。

「どういう意味かはわからないけど、俺には、太郎さんの後を継ぐ資格がないって言われた気がした」

幸せとはなんだろう。青洲が尋ねても、太郎は「自分で探しなさい」と言って答えてくれなかった。

青洲は太郎の条件を吞んだ。太郎は青洲に土地を譲る遺言を残して亡くなった。

太郎には血縁がいなかったから、相続でもめることもなかった。先々代から譲られた資産は、土地以外にはほとんど残ってはおらず、太郎の入院費、墓や葬儀代を払ってすっかりなくなった。

「太郎さんとの契約は完全な口約束で、法的な効力はない。ここはもう俺の土地だし、好きにできる」

下宿屋をピカピカに建て直すことも、畳んでしまうこともできる。もっとちゃんと家賃を取り立てて、払えない下宿人を追い出せば、赤字になることもないだろう。

いくら太郎が望んでも、本人が死んでしまった後は、どうすることもできない。

「運転資金が尽きても、下宿屋を続けることはできるよ。でもだからこそ、太郎さんの遺した言葉を考えてしまう。無視することができない」

幸せになるって、どういうことだろう。幸せになったら、下宿屋を畳まなければならないのか。でも幸せになれなくても、運転資金が尽きたらどのみち下宿屋は終わりだ。

悩み続けて、太郎が亡くなって三回忌が終わっても、答えは出なかった。

「俺なりに考えて、作家業を再開したりした。子供向けの本はどうしても書けなくて、ホラーと官能小説だけになったけど。他にできる仕事もなかったしね」

ホラーと官能小説は、まだ著作がまぼろし食堂だけだった頃、仕事先を探して他のジャンルにも手を出したのがきっかけで、その後もぽつぽつと書き続けていたのだそうだ。

作家を続けることで、日々に張り合いはできたが、太郎の言う幸せとも違う気がした。

「児童文学がまた書けるようになったら、あるいは、と思ってるんだけど」

答えを知る人は、もうこの世にはいない。青洲は解答のない問題を、今も解き続けている。

「俺、すみません。そんな事情があったとは知らず……」

ご飯をいっぱい食べて、お酒もたらふく飲んでいた。先日も縁側にカーテンがほしいと言って、青洲に生地代を払わせてしまった。

「家賃も入れずに、美味しいものいっぱい食べちゃって……」

運転資金はあとどれくらい残っているのだろう。苑のせいで目減りしたのではないか。

そのことに気づいて、苑は青ざめた。すると青洲が「いや、待って待って」と、焦ったように手を握り直す。

「この下宿屋は、そういうところだから。今までどおりでいてくれないと、ここの意義がないんだよ。だいたい、苑ちゃんは俺が引き入れたんだから。それもわりと強引に」

確かに強引だったし、めちゃくちゃ怪しかった。でも、

「すごく、ありがたかったです」

「俺も。苑ちゃんには感謝してる」

「え？」

「苑ちゃんはね、俺が大家になってから、初めて迷い込んできたメンバーなんだ」

苑より前の下宿人たちは、みんな太郎が生きていた時代に入居した人たちだった。

「太郎さんが亡くなってから、キジえもんは誰も拾ってこなかったんだ。もちろん、今までもそういうことはあったんだけどね。でも俺は不安だった。もうこの下宿屋は、役目を終えたってことじゃないかって」

太郎の存命中に入居した人たちが、徐々に巣立っていく。喜ばしいことだけど、あの不思議な偶然が発現しないのは、自分に太郎の後を継ぐ資格がないからではないか。

そんな不安を、青洲は密かに抱いていたという。

「そう考えら、どんどん不安になってさ。病床の太郎さんに、俺はまた独りよがりの我がままを言ってしまったんじゃないかって。俺の要求を受け入れるために、太郎さんにしたくないことをさせたかもしれない。申し訳なさでいっぱいだった」

そんな時、苑がキジえもんに誘われて店にやってきた。

「初めて苑ちゃんを見た時、ああこの子だって思った。やっと会えたって、そんな気がした」

手を握ったままの真剣な眼差しに、どきりとする。まるで愛の告白みたいだ。

いや、そうではない。新たな下宿人を見出したという意味だろう。勘違いしないようにと言い聞かせ、でもドキドキするのは止められない。

「苑ちゃんが来てくれて、やっと大家だと認められた気がした。太郎さんの言葉の意味はまだ、わからないけど。君が来てくれて迷いが吹っ切れた。だから、すごく感謝してるんだ。苑ちゃんは俺にとって、特別なんだよ」

特別。恋愛的な意味でないことは、わかっている。それでも嬉しかった。

ここは本当に不思議な場所だ。その不思議な場所に、苑も繋がっている。青洲と一緒に。

「俺も……俺も青洲さんには、感謝してます。まだ、進路のことは迷ってるけど。この場所と、青洲さんたちと出会えてよかった。俺……俺の青洲さんへの気持ちは、青洲さんの太郎さんへの気持ちと同じくらい、大きいですから」

それは苑にとって、精いっぱいの告白だった。あなたに恋をしているとは言えない。

でも、どれだけ感謝しているか、青洲が大切な存在になっているか。それは伝えたい。

青洲は一瞬、驚いた顔をして、それから少し、切なく微笑んだ。

「ありがとう」

そう言って、ぎゅっと強く握った青洲の手は、いつの間にかじんわりとぬくもっていた。

苑は、太郎が青洲に告げた言葉の意味を、あれから繰り返し考えている。

太郎は青洲に幸せになってほしいと願っていた。

幸せってなんだろう。幸せになったら、青洲は運転資金が尽きた後も大家を続けていいのだろうか。

それとも幸せになったら、大家なんてやってられなくなるのだろうか。

わからない。青洲本人が考えても答えが出ないのだから、当たり前だ。

それでも考えずにはいられなかった。だって、苑も青洲には幸せになってほしい。

恩人だし、好きになった人だ。彼が太郎を想っていてもいい。ただ故人を思い返す時、苦しそうにしてほしくない。

青洲に幸せが見つかるように、苑は手伝いがしたかった。

自分の道も決まらないのに、人の人生の手助けなんて、おこがましいかもしれない。でもこの数か月の間で、青洲は苑にとって誰より大切な人になっていた。

「あっ、こんなところにも豆が落ちてる。もう一週間経ったのに」

店の掃き掃除をしていた青洲が、床に落ちた炒り大豆を見つけて拾い上げた。フーフー吹いているので、苑は慌てて「食べちゃだめですよ」とたしなめる。

「三秒ルールじゃない？」

「三秒どころか、一週間経ってますから。だから袋入りのにしましょうって言ったのに」

先週、節分の日はちょうど店にお客が集まったので、豆撒きをした。ここに来る人たちはみんなイベント好きだ。

青洲もノリノリで、酒に酔っていたわけでもないのにハイテンションで豆を撒きまくっていた。楽しかったのだが、一週間経った今もあちこちから豆が出てくる。

曲がりなりにも食堂として、衛生的にヤバい。そこで毎日、念入りに食堂を掃除することにした。

「袋入りじゃあ、臨場感がないじゃない」

「臨場感とは」

そんなやり取りをしつつ、苑はカウンターに置いていた携帯電話で時間を確認する。

そろそろ店を開ける時間だった。青洲に伝えようと顔を上げると、彼はいつの間にか、苑の手にある携帯電話をじっと見つめていた。

「そのペンギン……」

難しい顔でつぶやく。言われて、苑もああ、と手元を見る。携帯電話には、小さなペンギンのビーズストラップがぶら下がっていた。青洲からもらったものだ。

「使わせてもらってます」

ぷらん、と目の高さに掲げると、青洲は手にしていた箒(ほうき)を置き、両手で顔を覆った。

「申し訳ない！」

「なんですか、急に」

苑は冷静に返す。青洲のキテレツな前振りにも慣れてきた。

「いや、そんな子供っぽいもの、苑ちゃんにプレゼントして浮かれてたのが恥ずかしくて」

「可愛いじゃないですか。嬉しかったですよ。青洲さんの手作りですし」

慰めではなく本心だったが、青洲はうなだれている。

「ごめん。なんか今、苑ちゃんが俺のあげた安物のストラップを大事にしてくれてるの見たら、いきなりこう……胸がきゅーっとして」

言いながら、自分の胸を押さえる。おまけに「動悸がする」などと言い出すので、病気ではないかと心配になった。

「ごめん、苑ちゃん。今、猛烈に過去の自分が恥ずかしくなった。苑ちゃんにはもっとこう、なんかいいものをあげたい」

「なんかいいもの」

変形明石焼き

そこまで気にしなくてもいいのに。

「苑ちゃん、そのストラップ返してくれない？　代わりにもっといいストラップをプレゼントするから。もっとお高い……たとえばそう、ダイヤのペンギンとか？」

「え、怖い」

思わず携帯電話を後ろ手に隠した。いきなりダイヤをプレゼントなんて、怖すぎる。

「お願い。苑ちゃんがそれ提げてるの見ると、おじさん、なんだか胸が苦しくて」

はあはあしちゃう、と、しきりに胸を押さえている。まんざら冗談でもなさそうなところが怖い。

「病院に行った方がいいんじゃないですか」

本気で心配したのだが、「ひどい」と、嘘泣きされてしまった。

「なんなんですか、もう。俺、これが気に入ってるのに」

「お、楽しそうだね」

二人でやいやい騒いでいたら、からりと店の戸が開き、知多が暖簾をくぐって入ってきた。

知多の後ろから、「お久しぶりでーす」と、髭に眼鏡の若い男性が入ってくる。

中野（なかの）は下宿屋のＯＢではなく、知多の知人だ。ＩＴ雑誌の編集兼ライターをやっている。

苑はこの正月に初めて会った。

知多はその道で有名なソフト開発者で、以前から中野の雑誌のコラムを連載したり、本を出したりと、たびたび一緒に仕事をしている間柄だった。そのうちにプライベートでも仲よくなり、たまにこうして、知多とまぼろし食堂にやってくる。

お客が来たので、今日の豆探しはおしまいにして、開店することにした。青洲はまだ、苑のストラップをチラチラ見ていたが、苑が「返しませんよ」と言うと、諦めたようだ。

青洲が料理の支度をする間、苑が掃除道具を片づけ、知多と中野におしぼりとお冷を出す。

「今日のメニューは……『変形明石焼き』をお願いしようかな」

熱いおしぼりで手を拭きつつ、知多がメニューの黒板を見ながら言った。青洲は「まいどっ」と、いつもながらキャラの定まらないかけ声で応じる。

苑は冷蔵庫から、お通しと日本酒の一升瓶を取り出した。

「最初は日本酒でもいいですか。うちの実家から送ってきたんです」

知多も中野ものんべえだ。種類を問わずなんでも飲む。案の定、二人は一升瓶を見て喜色を浮かべた。

苑は先月、最初の雇用保険が支給されたので、ようやく実家に帰省した。

青洲から太郎との話を聞かされて、間もなくのことだ。

苑が家に帰ると、姉二人も会いに来てくれて、そこで苑は家族みんなに現状を打ち明けた。

会社を辞めたこと、困っている時に下宿屋に迷い込み、そのまま居ついていること。会社であったことは、ほぼありのまま話した。疋田に恋心を利用された、という点だけは濁して、アイデアを盗用されたことも打ち明けた。

みんな苑を心配してくれたし、会社に対しては怒って憤ってくれた。

ただ、古い下宿屋に無賃で居候していると告げたくだりには、やっぱり心配された。キジえもんに誘われた話から、代々続く下宿屋の不思議な因縁、青洲や同居人たちの素性や人となりを明かすと、やっと納得してくれた。

下宿屋でゆっくり次の仕事を探すことも告げると、最終的には苑の納得する道を進めばいいと言ってくれた。

帰りたくなったら、いつでも帰ってきなさいとも言われて、それでずいぶん気持ちの余裕ができた。

一週間ほど、久しぶりの家でくつろいで、帰りがけにいっぱいお土産を持たされた。下宿屋の皆さんに、ということだ。それだけでは足らないと思ったのか、後から地酒と米を送ってくれた。

「ご家族も、よく理解してくれましたね。話だけ聞くと怪しいのに。あ、知多さんの前ですみません」

中野が最後に口先だけで謝るので、知多も苦笑する。それから苑が注いだ日本酒を一口飲み、「美味しい」と、うなった。

「さっぱりしてる。けど、アルコールが強い気がする」

「原酒なんで、普通の日本酒より度数が高いんです」

そんな話をしているうちに、卵を焼くいい匂いが漂ってきた。

青洲が卵焼き器の中の卵を上手に返して、ふわふわの卵焼きを作っている。

卵焼きに見えるが、これが「変形明石焼き」である。たっぷりの卵と出汁、それに小麦粉を混ぜた生地に、荒く刻んだタコを巻いている。

「昨日、テレビを見て青洲さんが食べたいって言い出して。でもタコ焼き器がないんで、卵焼き器で代用することにしたんです」

中野が不思議そうにカウンターを覗くので、苑が説明した。

焼き上がった卵焼きは真ん中から二つに切って、大きな塊のまま温めただし汁に入れる。三つ葉を載せ、お好みで紅生姜を添えれば出来上がりだ。青洲は手早く、四人前を作った。

「みんなで食べようか。苑ちゃんも」

「やった。ありがとうございます」

苑も「変形明石焼き」を食べるのは初めてだ。苑はカウンターを出て知多の隣に座り、青洲もカウンターの内側にある椅子に座った。

温かいだし汁に浸かった卵焼きに箸を入れると、ふんわりした卵の中に大きめに刻んだタコが見えた。口に入れると、卵と出汁の香りが広がる。ぎゅっと嚙むとタコの旨味が染み出て美味しかった。

明石焼きは何度か食べたことがあるが、卵焼き器で焼いたこれも美味しい。中はふわふわで、中にタコがぎっしり入っているし、外側はつゆが絡んでいくらでも食べられる。三つ葉や紅生姜が味に変化を与えてくれる。みんな、あっという間に食べきった。

「おかわりいる人ー」

青洲が声をかけると、苑を含めて全員が「はーい」と手を挙げた。青洲がおかわりを焼く間、苑は再びカウンターに入り、昼に作っておいたブリ大根を温めて知多と中野に出した。

苑たちは昼に出来たてを食べたが、醬油とブリの旨味が染みた大根は今が食べ頃だ。

「ほんと、小路君はすっかり青洲さんの助手が板についてますね」

苑が空いたお通しの皿を下げたり、皿を洗ったりするのを見て、中野が感心したように言った。青洲も「でしょ」と、嬉しそうに振り返る。

「カウンターは狭いのに、苑ちゃんが子リスのように動いてくれるから、すごく助かる」

「子リスは余計です」

苑が軽く睨むと、青洲は笑った。

「下宿のこともやってくれるしね。おかげでさっぱりして住みやすくなった」

知多が酒を飲みながらしみじみする。この下宿屋に来て、一生分褒められている気がする。

「就職しても、できる範囲でお手伝いしたいです」

勢いに任せて、そんなことを言ってみる。ちらっと青洲を見た。

ずっと言いたくて、ためらっていた。仕事を探さなければならないが、仕事が見つかってもここにいたい。ここで、青洲の手伝いをしたい。

そう言ったら、青洲はどう答えるだろう。いつまでもいていいと言われたが、道が決まったら卒業しろと言われるかもしれない。

相手の反応が怖くて、二人きりの時は口にする勇気が出なかったのだ。今、勢いで言ってしまった。

「それは助かるなあ」

手元を見ながら、青洲がのんびりした声音で言うので、ホッとした。

「苑ちゃんは手放しがたい戦力だからね。時間がある時だけでも、助手を続けてくれると嬉しいな。無理のない範囲で」

最後の言葉を、青洲はくるりと苑の方を振り返って言った。おざなりな言葉ではない。

本当にそう思ってくれているのだとわかって、苑は嬉しくなる。

「はい」

就職が決まっても、ここにいられる。仕事によっては忙しくなるかもしれないが、時間がある時はこうして青洲とカウンターに立てる。

元気よく返事をする苑に、目の前で酒を飲む知多も、ニコニコ嬉しそうな顔をした。

中野はまた黒板を見ながら「就職かあ」と、つぶやく。

「失業保険て、どれくらいの期間もらえるんですかね」

「年齢と就業年数にもよりますけど、俺は三か月です」

「なに、中野君は転職したいの」

苑が答え、知多が尋ねると、中野は「いやいや」と、顔の前で手を振った。

「いえ。この黒板の絵を描いたの、小路君だよね」

「あ、はい」

黒板のメニューには毎回、イラストを添えている。別に誰に見せるわけでもなく、ほんの思いつきだったのだが、一度描かずにいたら、青洲やお客さんから「今日はイラストないんだ」「寂しいね」と言ってもらったので、欠かさずイラストを添えるようになった。

いつもだいたいキジえもんのイラストで、ポーズや一緒に描く小道具にバリエーションが増えている。

「上手いなと思って」

「そ、そうですか？　ありがとうございます」

技巧など何もない、緩い絵である。上手いと言われて驚いた。

というか、こんなにじっくり見てもらえるなんて思わなかった。

中野はじっと黒板を見ていたが、やがて「小路君」と、苑を振り返った。

「もし今現在、時間があるなら。うちの雑誌で、こういう絵でカットを描いてくれない？」

「えっ、こういう絵を……」

びっくりして、苑は自分が描いた黒板の絵を見た。

「うん。小路君がよければ。報酬は本当にほんのちょびっとなんだけど」

今日の黒板の絵は、キジえもんが股をおっぴろげて毛づくろいをしている姿だった。


苑が任されたのは、中野が担当するＩＴ雑誌の、占いコーナーのカットだった。

真面目な占いではない。「もはや業界でも通じない！　ＩＴ隠語(ジャーゴン)占い」とか、「あなたにピッタリの言語は？　プログラミング言語占い」とか、毎回違うコンセプトで作られる、フローチャート式の占いである。

中野が担当で、占いもチャートも中野が考える。紙面のデザインはデザイナーが行う。

「新コーナーなんだ。とりあえず五回くらい続けようって言ってて、どうせならマスコットキャラがいた方がいいかなと思って」

苑が描いたカットは、スキャンしてデータ化され、チャート内に埋め込まれる。

「報酬は本当に、雀(すずめ)の涙なんだけど」

中野が何度も繰り返すから、それでも構いませんと答えた。趣味で描いた絵で金がもらえるなんて、思っていなかった。

学生時代、友達の同人誌に寄稿したことはあったが、仕事用のカットなんて初めてだ。緊張しながらとりあえず、第一回目の占い用に五カット描いて、中野に渡した。

「いいね。緩くて可愛い」

そうこうしているうちに、一か月も経たずに雑誌ができて送られてきた。嬉しくて、自分でも書店で雑誌を買ってしまった。

二回目は、できれば占いのコンセプトに関係のあるカットを、と言われたので、ネットや図書館を探し回って、基礎知識を詰め込んだ。わからないところは知多に聞いた。

知多の説明は丁寧で簡潔で、とてもわかりやすい。先生をした方がいいのではないか。そう思っていたら、すでにプログラマー向けの教本を何冊も出していると知って納得する。

連載二回目のカットを描き終える頃、苑の口座に一回目の原稿料、数千円が振り込まれた。確かに少額だが、自分の描いた絵で報酬がもらえて嬉しい。

青洲に言ったら、我が事のように喜んでくれた。

その日は店に来客の予定はなく、夕飯は豆乳キムチ鍋だった。知多と、根室も帰ってきて、絵の報酬をもらったと言うと二人も大袈裟なくらい「おめでとー！」と寿（ことほ）いでくれた。

「知多さん、いろいろ教えてもらってありがとうございました」

改めて礼を言うと、知多は「いやいや」と、小さな目を細めた。

「僕が教えなくても苑ちゃん、自分でよく調べてたからね」

「でも、知多さんの話はわかりやすくて、すごく勉強になりました」

お世辞ではなく本当だ。苑が言うと、知多はまた「いやいや」と言って照れる。そこで青洲が、「いいなあ」とぼやいた。

「二人とも楽しそうで。俺も苑ちゃんと仕事がしたい」

一瞬、場が静まり返った。苑は単純に、青洲が羨ましそうに言うのでびっくりしただけなのだが、知多と根室は思わず、というように息を呑んでいた。

「セイさん、それって……」

知多が何か言いかけて黙る。青洲はみんなが驚いていることに驚いた様子で、ぱちぱちと瞬きしてみせた。

「え、おかしいかな。俺も苑ちゃんにキラキラした目で質問されて、『それはね……』なんて手取り足取り教えてみたい」

「それは、セクハラですね」

根室がきっぱり言って、場の空気が元どおりになった。

「え、これ、セクハラになるの？」

青洲が情けない声を出す。苑は笑ってしまった。知多も根室も笑う。

「でも青洲さん。青洲さんと俺、いつも一緒に仕事してますよね。下宿屋と食堂の仕事。いっぱいいろんなこと教えてもらってます」

畳の掃き方も青洲から教わったし、料理もだいぶ覚えた。苑が言うと、青洲は「あっ、そうか。そうだね」と、嬉しそうにする。

それきり、場が静まり返ることはなかった。みんなでくだらないおしゃべりをしながら、鍋をつつき、酒を飲む。

豆乳キムチ鍋は豚肉と野菜がたっぷり入って、こってりがっつりしていて、つい白米が進んでしまう。根室は細身なのに、どんぶり飯をおかわりして、シメのラーメンも食べていた。

濃い味の鍋に、生レモンを絞ったサワーがこれまたよく合う。苑はお腹いっぱいになりながら、サワーを何杯もおかわりした。

鍋が空っぽになった頃、根室が最初にダウンした。

「だめだ、もうまぶたを開いてられない。すみません、寝ます」

二杯目のサワーで顔を真っ赤にした根室は、満腹と酒と日頃の寝不足のトリプルパンチを受け、自分の部屋に戻っていった。

青洲と知多はまだまだ飲み足りない感じだ。鍋と食器をシンクに運ぶと、苑はレモンサワーを、青洲と知多は焼酎に切り替えて飲み直す。

でも、苑も満腹とアルコールで、すぐに眠気に襲われた。

「苑ちゃん。片づけは明日にするから、眠いなら寝ておいで」

座って船を漕いでいたら、青洲に言われた。苑はうなずいて食堂を出る。

立ち上がると、自分で思っていた以上に酔っていたし、眠くてだるかった。隣の居間を覗き、炬燵に誘い込まれる。

ちょっとだけ、と炬燵に入ったのだが、もう動く気になれなかった。ゴソゴソ潜り込んでいたら、キジえもんがどこからともなくやってきて、苑の胸の上に乗る。

ゴロゴロ喉を鳴らすので、炬燵の上掛けをかけてやった。胸がぬくい。

「きっちゃんがいるから、動けないんだ。仕方ないよね」

タイミングよく乗ってきた猫を撫で、目を閉じる。すうっと眠りに落ちた。

「……寝てる。後で連れてくよ」

どれくらい経ったのか、青洲の声がして、苑は眠りから覚めた。

すっかり目を覚ましたのではなく、まだ半分眠りにいる感じだ。キジえもんはいつの間にか胸の上からいなくなっていたが、炬燵の中にある右手にモフモフした感触があった。

「大丈夫？　あ、セイさんの部屋に運ぶのか」

少し離れた場所で、知多の声がする。まだ二人は、食堂で飲んでいるらしい。

「ちゃんと二階に連れてくよ」

「出会ったその日に同衾(どうきん)したくせに。マッパだったたって、ボビー君から聞いてるよ」

「ドウキンって。いや、あれは俺も酔ってたからさあ」

苑がまぼろし食堂に迷い込んだ時の話だ。知多も青洲も楽しそうなので、苑も黙って耳を傾けていた。

「……セイさんはさ。苑ちゃんのことどう思ってるの」

知多の声が低く小声になった。それに対し、青洲の声は「どうって」と、いつもと変わらず飄々としている。

「子リスみたいだなあ、とか。意外と動きが機敏なんだよね。ぼんやりしてるっぽいのに、頭の回転も速いし。……はぐらかしてるわけじゃないよ」

最後の声が少しだけ、真面目なものになった。

「どうって聞かれても、本当にわからないんだよ。可愛いなって思うし、一生懸命でいい子だよ。見てると構いたくなる。抱けるかっていったら余裕で抱ける。でも俺、基本的に男ならわりと、誰でもいけるからさ」

はあっと大袈裟なため息は、知多のものだろう。苑はすっかり覚醒していた。聞いてはいけないことを聞いた気がして、心臓がバクバクしている。

「やりチンの功罪かあ」

「失礼な」

「実際、遊んでたじゃない。それが悪いっていうんじゃないよ。セイさんは家の呪縛から解き放たれたわけだし」

「まあね」

やっぱり遊んでいたのか、と、苑は炬燵の中でひっそり思う。あんなにかっこいいのだから、遊んでいたとしても不思議ではない。

苑が下宿するようになって、夜に何度か飲みに出かけることがあったが、あれもどこかで遊んでいたのだろうか。別に青洲の自由なのだけど、胸がチクチクした。

「太郎さんは奔放になってくセイさんを心配してたけど、僕はいいと思ってたんだ。いっぱい人と関係を持って、性と向き合えるようになったんだから」

「そうだね。昔のままの俺だったら、官能小説もホラー小説も書けなかったな」

青洲の声は真面目で、どこか昔を懐かしむようでもあった。

苑が知らない、昔の青洲の話だ。今とは違うらしい、過去の青洲はどんな人となりだったのだろう。

「だから功罪かなって。いっぱいいろんなことを許容できるようになったおかげで、何が特別かわからなくなったんじゃないの」

「そうかなあ」

沈黙の中、グラスの触れ合う音や、袋をガサガサ開ける音がする。

「あの子が来てからセイさん、楽しそうだしさ。ヒロさんもそう言ってた。元気になったなあって。太郎さんが亡くなって、セイさんがセイさんじゃないみたいに萎れてたから」

「その節は、ご心配をおかけしました」

かしこまった青洲の声がして、「いえいえ」と、知多。二人で頭を下げ合っているのだろう。おどけた光景が目に浮かぶようだ。

「もうずっと、夜は遊んでないじゃない。一周忌過ぎてから、昔みたいに遊び歩いてたのにさ。気づいてる？　あの子が来てからだよ。だから僕は、もしかしてって思ってるんだよね」

もしかして。どういう意味だろう。もしかして青洲は苑のことを……。

ドキドキして、苑は青洲の回答を待った。しかし、またしばらく沈黙が続いた後、青洲から出たのは、

「そうかなあ」

という、気のない返事だった。


中野から、ツウィッターやってみたら、とアドバイスされた。

三月の半ば、連載三回目のカットを渡した時だ。一回目の緩いマスコットキャラが、思いのほか評判がよかったらしい。

ツウィッター受けしそうな絵面をしてる、と、編集長が言っていたそうだ。

「何かに繋がるかもよ。繋がらないかもしれないけど、フォロワーが増えれば、絵の反応をもらえるかもしれないし。そうすると絵を描く原動力にもなるしね」

苑も、評判がよかったと言われて嬉しかったので、ツウィッターを始めることにした。

といっても、アカウントなら以前から持っていた。大学時代の友達としか繋がっていないし、しばらく覗いてもいなかったから、削除されたかと思っていたが、まだアカウントは生きていた。

名前だけ、「こうじその」から、雑誌掲載の時に適当に考えたペンネーム「キジらー」に変更して、雑誌のカットを描きました、ということをつぶやいた。

中野に報告したら、すぐに雑誌の公式アカウントがフォローしてくれた。それで五人くらいしかいなかったフォロワーが、ぱらぱらと三十人くらいに増えた。公式すごい。

どうせなら、何か絵を上げてみたら、とまた中野がアドバイスをくれて、苑は毎日メニューボードに描いているような、キジえもんの絵を描いてアップロードした。

キジえもんが何気なくする仕草、猫飼いなら誰でも見たことがあるような、ごく当たり前のイラストだ。

パソコンはないので、紙にボールペンで絵を描いて、スマホで撮影してアップする。

一枚絵だけではキジえもんの仕草のおかしみが伝えられないから、二コマや三コマの適当な漫画にした。漫画とも呼べないかもしれない。

そうしたら反応をもらえるようになって、あっという間にフォロワーが百人を超えた。

楽しい。でも、いつまでも楽しいことだけやっているわけにはいかない。

三月末、三回目の雇用保険が給付された。給付はこれで終わりだ。なのにまだ、苑は次の仕事を決めていない。

さすがにまずいのではなかろうか。ゆっくりと言われたけど、ゆっくりしすぎた気がする。

毎日毎日、下宿屋の掃除をして青洲が料理をするのを手伝い、合間に絵を描いて、お客さんと一緒にまぼろし食堂で飲んで食べる。

去年の秋に転がり込んで、冬が過ぎ春になるのは、あっという間だった。このままグズグズしていたら、一年くらいすぐ経ってしまう。

就職活動も、していないわけではない。でも以前のことを思うと、えり好みしているのは確かだ。

「えり好みかあ。慎重になるのはいいと思うけどね」

不安を口にしたら、青洲はそんなふうに言っていた。

「まあでも、うちの小遣い程度の報酬じゃあ、心もとないか」

「いえ、助かってます」

先月から、青洲はお手伝い賃をくれるようになった。苑が下宿屋の仕事をたくさんやってくれるからだという。

タダで住まわせてもらっているのにと、最初は固辞したのだが、これからもお願いするのに、無償だと頼みにくいから、と言われて受け取るようになった。

運転資金が底を突いたりしないだろうか。心配だったが、それを言っても青洲は「大丈夫だよ」と、微笑むだけだった。

そこは苑ちゃんには関係ない部分だよ、と突き放されたようで少し寂しかったが、実際に苑が触れられないところだ。ありがたくもらって、その分は仕事で返すことにしている。

「お金はまだ、余裕があるんです。ほんのちょっとですけど。ここにいるおかげで貯えられましたし」

居候生活なので、ほとんど金を使わない。就職していた頃は頑張って、奨学金の繰り上げ返済をしていたので、今の方が貯金があるくらいだ。

でも、ものすごく余裕があるわけではない。仕事をしなければ、という思いと、でもまた忙しくなったら、ここで過ごす時間が少なくなるという葛藤を抱えている。

いや、常識で考えれば就職するべきなのだろう。だらだらと半ニート生活なんてよくない。

「フルタイムじゃなくて、パートを探してみたら？」

「そんなんで、いいんでしょうか。フルタイムで働ける状況なのに」

青洲のアドバイスに、すぐにうなずけず悩む。

パートも選択肢として考えたことはある。でも、きちんとしなきゃ、という気持ちが先だって、フルタイムの仕事を探していた。

健康で、子育てや介護をしているわけでもない。働けるのにフルで働かないのは、怠慢のような気がして、後ろめたさを感じてしまう。

「苑ちゃんのその真面目さは、昔の自分を思い出すな」

青洲は歌うように言った。言いながら、淀みない手つきで餃子を包んでいた。

今日は店にたくさんお客が来る日だ。それで苑と青洲は、二人がかりで山ほど餃子を包んでいる。

豚ひき肉のスタンダードな餡と、ブリのすり身と青菜を混ぜた変わり餡をせっせと包む。

餃子を包むのは以前にも手伝ったことがあるので、苑もだいぶ慣れた。

「昔の青洲さんて、どんな感じだったんですか」

少し前、豆乳キムチ鍋の後に聞いてしまった、知多と青洲の会話を思い出す。

あれから苑はまた寝てしまって、青洲に二階に運ぼうと抱き上げられて目を覚まし、自力で上がったのだった。

知多の「もしかして」という言葉に対する、青洲の気のない「そうかなあ」が、しばらく耳について離れなかった。

こんなに優しくされて甘やかされて、苑もちょっと「もしかして」と、思っていた。

でもやっぱり、勘違いだった。

がっくりしてしまって、そんな自分を馬鹿だなあと思う。少し優しくされただけで自分との恋愛を期待するなんて、疋田の時から成長していない。

「俺？　俺はねえ、ここに来た当時は、ガチガチに凝り固まってた。苑ちゃんよりずっと強く、ちゃんとしなきゃ、まっとうな人間にならなきゃって、強迫観念に駆られてたな」

青洲は、あっという間に餃子を一つ包み、流れるように次の皮をめくって、でも話す口調はのんびりしている。

「両親が異常なくらい厳しくてね。勉強は常に一番じゃなきゃだめ、将来は医者か弁護士以外は落伍者と同じとか」

「うわあ」

思わず声を上げてしまった。その定義からすると、世の中は落伍者しかいなくなる。

「母親は性的なことを異常に忌避して、息子の精通も汚らわしいっていう人だった」

苑は餃子を包む手を止めて、思わず青洲の顔を見てしまった。そんな家庭で育成されたとは思えないほど、青洲は穏やかだ。

「両親以外の、父方の祖父とか叔母とか、学校の先生とかが俺の家の事情を知って、味方になってくれたのはラッキーだった。そうでなかったらもっと生きていくのが大変だったから」

両親の言っていることがおかしいなんて、子供はなかなか気づくことができない。誰だって、育った環境がその子にとってのスタンダードなのだ。

「おかしなマイルールでがんじがらめにする両親が大嫌いだったのに、俺自身もいつの間にか両親の価値観が刷り込まれてた。特に母親の。セックスは汚らわしい、男同士なんて異常だって、どこかで思ってたんだ。同性に性的な興奮を覚える自分が嫌だった」

ごく普通に育った苑でさえ、ゲイだということに悩んだのだ。偏った考えを持つ両親の下で、青洲はどれだけ苦しんだだろう。

「下宿屋に来て、たくさんの人に出会って、おかしいことじゃないって気づいた。それからはまあ、解き放たれたっていうか、はっちゃけたっていうか。めくるめく快楽の世界にデビューしちゃったんだけど」

「遊びまくったんですね」

「昔ね」

にっこり、胡散臭いくらい爽やかな微笑みで訂正する。盗み聞きした時の知多の口ぶりでは、わりと最近まで遊んでいたようだが。

「性は解放されたけど、でもまだ呪いは続いてた。アルバイトはしてたけど、もっとちゃんとしなきゃと思ってた。ただ正社員になるっていうのもダメだ。人が羨むような職業に就かないと。そうしないと人生の落伍者と同じだって、無意識に頭のどこかで考えてた」

両親と同じだ。でもそのことを、当時の青洲は太郎から指摘されるまで気づかなかった。

今の君には立ち止まることが必要なんじゃないか。太郎からそう言われたそうだ。

「試しに何か、役に立たないことをしてみなよって、言われたんだ。なんでもいいから、俺自身が価値がないと思ってることを。意外と楽しいからってさ。太郎さんは俺に、生きる楽しさみたいなものを、教えたかったんだと思う」

そんなことをして何が変わるのか。青洲は半信半疑ながらも太郎の言うとおり、役に立たないことをやってみた。

それが、物語を書くことだった。高校時代、作家を目指して勉強そっちのけで小説を書き、投稿しているクラスメイトがいたのだそうだ。青洲は彼を馬鹿にしていた。

「小説なんてくだらないって、親に言われて育ったからさ。でも、物語は読んでも書いても面白かった」

そして、今の青洲がある。苦しみもがきながら、それでも青洲は自分で呪いを解いたのだ。

尊敬の念に打たれて、苑は青洲をまじまじと見つめてしまった。そんな苑の視線に照れたように、青洲は微笑みを浮かべる。

「話が逸れたけど、今の苑ちゃんはやりたいことがあるんだろ？」

「……はい」

もっと絵を描きたい。絵を描いてみんなに見てもらいたい。下宿屋の手伝いも、報酬なんていらないから今と同じくらいやりたい。

「なら、やりたいことを優先してもいいんじゃないかな。今だけでもさ。お金は生活に必要な分だけ稼いで、自分のやりたいことをやるっていうのも、俺はちゃんとした、きちんとした人生だと思う」

言いきってから、「偉そうに言ってごめん」と表情を緩めるのが青洲らしい。

でもこれも、きっと太郎譲りなのだろう。苑はなんとなく、青洲が自分にここまで親身に構ってくれる理由がわかった気がした。

青洲は太郎にしてもらったことを、誰かに返そうとしているのだ。

以前、苑は特別だと言ってくれたけれど、それはただ単に、自分が大家になって初めての下宿人だからだ。

苑が特別なのではない。誰でもよかった。苑でなくても、条件さえ合えば。

そんなことを考えて、苑は急いでそれを振り払った。卑屈な考えだ。その偶然の出会いこそが、苑を救ってくれたというのに。

青洲が苑を見てくれないからといって、拗ねるのはお門違いだ。

受け入れなければ。何もかもが自分の思いどおりにいくわけじゃない。

現実を受け入れ、上手くいかないことに悩みもがく。いつかどこかに浮かび上がるために。ここはそういう場所だ。

苑は青洲が好きだ。恋をしている。でも、青洲は苑に恋してはいない。

その現実が、今は辛く受け入れがたい。目の前の優しい顔を見るとドキドキするし、彼に抱きしめてほしいと思う。恋人みたいに。

叶(かな)わない願望が次々に溢れて悲しいけれど、これは苑が抱えて解決しなければならない問題だった。誰も肩代わりしてはくれない。

そうした事実を唐突に、でもはっきりと理解して、苑は何度か瞬きした。

「苑ちゃん?」

「今、ちょっと急に思ったんです。いろいろ頑張ろうって」

失恋を自覚したというのに、謎のやる気が出た。

二度目の失恋も乗り越えて、自分の人生を生きよう……と、そんな気持ちになったのである。きっと、この恋が一度目と違って、いい恋だったからだ。

「ありがとうございます。俺、ちょっと考えてみます。えっとあの、進路について」

急にやる気を見せて力んだ苑を、青洲はどう思っただろう。

驚いた顔をしていたが、苑の表情を見てすぐ、口角を引き上げた。

「うん。応援してる。苑ちゃんがどの道を選ぶにしても」

青洲は味方でいてくれる。嬉しくて、でもまだ悲しくて、そしてどこか清々しい気持ちだった。ほろ苦い失恋も、いつかきっといい思い出になるだろう。

(俺も、青洲さんの味方でいよう。この人がどんな道を選択しても)

そして生前の太郎が願った、青洲が幸せになる後押しをしよう。

何が幸せなのか、いくら考えてもまだわからないけど。青洲が答えを探す助けをしたい。

それから自分も幸せになる努力をする。自分の進む道を見つける。苑も青洲も幸せになるのだ。この下宿屋で。

言葉にせず、苑は密かにそう決意した。

春が来たと思ったら、あっという間に暑くなった。まだ梅雨前だというのに、すでに初夏の気温だ。

居間の炬燵は上掛けが取り払われ、ちゃぶ台になっている。

六月にしては、カラッと晴れた昼下がり、苑はちゃぶ台の上で、タブレットに専用のペンを走らせて絵を描いていた。トントンと階段を下りる音がして、知多が顔を出す。

「あ、今日はバイト休みだっけ」

昼過ぎに家にいるのを見て、そう判断したのだろう。起き抜けの知多は眼鏡をかけていなくて、まだ眠そうだ。側面の髪が寝癖で跳ねまくっている。

「今日、ＯＢのノヅさんが友達連れて店に来たいって。全部で三人。八時くらい」

「了解です。青洲さんに伝えておきますね」

「よろしくお願いします。僕、これから出かけちゃうから」

寝不足なのか、言い終えるとよろよろした足取りで洗面所に歩いていき、しばらくして「いってきまーす」と、玄関から一声かけて出かけていった。

苑はペンを置いて、うん、と伸びをする。振り返って縁側を見ると、キジえもんが腹を出して寝ていた。ひっそり笑いながら、タブレットの横にあったスマホを構え、猫を撮る。

キジえもんはシャッター音に耳をピピッと動かし薄目を開けたが、フン、と息をついて寝相を変えた。

苑はタブレットの下に敷いていた雑記帳を開き、シャープペンでそんなキジえもんをスケッチした。今日はアルバイトがないから、夕方までのんびり絵が描ける。

苑はこの四月から、近所の電器店で事務のアルバイトを始めた。

量販店とは違い、昔からいる地元の客だけを相手にしている。七十過ぎの店主と、若い社員が一人と、設置の助手をするアルバイトがいるだけだ。

電球一個の交換から、冷蔵庫などの大型家電の搬入、クーラーの設置や修理など、細々と請け負っている。

店主の妻が事務方を担っていたが、体調を崩したので、苑が補助で入ることになった。

勤務は週に二、三日、だいたい午前中から午後の三時か四時くらいまで。下宿屋から歩いて二十分の事務所に通っている。

勤務時間が少ないので、当然実入りも少ない。でも、生活には困らない程度の収入がある。

アルバイトを始めて、家賃を納められるようになった。青洲からは、まだ無理しなくていいと言われたし、相変わらずお手伝い賃をもらっているので、金額的に意味はないのだが、けじめをつけたかったのだ。

それに、絵の仕事も増えた。雑誌の連載が終わった後、中野から別コーナーの仕事をもらった。

知多が出す、プログラミングの本のイラストを請け負うことになり、それを聞いた夏泊が、じゃあ僕の本も描いてよ、と、別の出版社の編集を紹介してくれた。

これはもうちょっと、絵について本腰を入れるべきかもしれない。そう考えて、貯金とバイト代とを合わせて大型のタブレットを買った。

今時はなんでもデジタルだ。雑誌のカットは中野がスキャンしてデータ化してくれているが、これから仕事をもらうなら、自分でデータ化できた方がいいだろう。

紙ではなくタブレット上で絵を描く練習もして、先月からキジえもん絵日記は、タブレットで描いてアップしている。紙は黒ペン一色だったのが、デジタルで着色したせいか反応もよくなった。

そうしてキジえもんの絵日記をアップするにつれ、ツウィッターのフォロワーも増えて、キジえもんの漫画は爆発的に拡散される、いわゆるバズることが何度かあり、苑のアカウントをフォローする人は短期間に一万人を超えた。

こんなことになると思わなくて、最初はバズるたびにあわあわし、比較的ツウィッターに詳しい知多に相談した。

そうしているうちに、ようやくツウィッターの国内流儀などを覚え、そしてつい先日、とあるウェブコミックの編集者から、うちのサイトに掲載しませんかと打診を受けた。

ツウィッターとサイトに同時に掲載して、わずかながら稿料も入るらしい。まとまったら単行本に、という話もされて、まだ確実ではないけれど、降って湧いた幸運にドキドキしていた。

一人だったら慌てただろうが、周りに編集者や出版経験のある人たちがいるので、相談もできる。ありがたい環境だ。

トントン拍子に仕事が増えて、ちょっと浮かれている。でもまだ、収入はほんのお小遣い程度だし、この先も仕事がもらえる保証はない。

これまで絵を描くことは、いくつかある趣味の一つに過ぎず、本格的に勉強をしたこともなかった。

でもせっかく幸運に恵まれたのだから、頑張ってみてもいいんじゃないか。

そう思って、しばらくは電器店のアルバイトと絵の仕事で生活してみることにした。失敗しても、ゼロではない。

もう無理だなと思ったら、その時また別の道を考えればいい。そんなふうに、楽観的に考えられるようになった。

「ただいまー」

縁側に移動して庭の風景を描いていたら、玄関から青洲の声がした。苑は縁側から「おかえりなさーい」と声を上げる。

間もなく青洲が、両手にレジ袋や紙袋をいっぱい提げて顔を覗かせた。

「わ、すごい量ですね」

「梅と、他にもいろいろもらっちゃった」

近所に住む老婦人から、梅の実がたくさんなったからもらってくれない？　と言われて、取りに行ったのだ。

ご婦人は一人暮らしで、大量の梅を持て余している。ご高齢なので、脚立に乗って梅を取るのも危ない。それでここ何年かは毎年、青洲が梅を取りに行くのだそうだ。

もらった梅は梅酒や梅シロップにして、まぼろし食堂のお客に振る舞ったり、ご婦人におすそ分けしたりする。

個人宅の梅の木だというから、さして量はないと思っていたのだが、大きなレジ袋二つに、ぎっしり詰まっている。

「友達から桃をもらったんだって。一人で食べきれないからって、いくつかもらった」

「わあ。俺、桃好きです」

産毛の立ったみずみずしい桃が、梅とは別の紙袋にゴロゴロ入っている。

「俺も、桃好き。いっぱいあるから、ちょっと食べちゃお」

梅をザルに上げて、麦茶と桃で早めのおやつになった。苑が桃を剝いて、二つのガラスの小鉢に盛る。

「あ、一番美味しいとこ」

上の方の甘い部分を青洲の小鉢に盛ったら、青洲がつぶやいた。「いいの？」と、苑を見る。

「優しいなあ、苑ちゃん」

もちろん、とうなずくと、感激したように言うから、苑は苦笑した。

「青洲さんだって、いつも美味しいとこ、俺にくれるじゃないですか」

「そうだっけ」

そうですよ、と苑は応えた。向かい合わせに食卓に座って、桃を食べる。

「美味しい」

「すごく甘いですね」

果肉は滴るほど水気をたっぷり含んで、とても甘い。

「……そっか」

美味しい、甘い、と言い合って桃を食べた後、青洲がふと、空の小鉢を見つめてつぶやいた。それから苑を見る。

「なるほど。こういうことか」

言って、ふわりと笑った。幸せそうな、嬉しそうな微笑みだった。

「なんの話ですか」

こんなに甘い笑顔を、苑は見たことがない。ドキドキしながら尋ねた。

桃を食べて何を発見したのだろう。気になったのに、青洲の答えは、

「内緒」

「ええー、余計に気になるじゃないですか」

文句を言うと、青洲は楽しげに笑った。

「いつか教えるよ」

「いつかっていつです」

「梅の仕込みをしないとなあ。梅を冷凍すると時短になるって、知ってた？」

「はぐらかして」

もう、と睨むと、青洲はまた快活に笑う。

台所には梅の香りがほのかに漂い、穏やかで楽しい空気に満ちている。

青洲が何をはぐらかしたのか、真実を苑が知るのは、もう少し後になってからだ。

このところ、青洲は何かを考えている。思い悩んでいる、と言ってもいい。

先月仕込んだ梅酒の漬かり具合を確認しながら、苑は背後にいる青洲をちらりと見た。

「何度覗いても、そっちはまだ飲めないよ」

食堂のテーブルで、茹でたじゃがいもを潰していた青洲は、手元から目を離さずに言った。エスパーか。苑は台所のシンクの下にある、収納棚の戸を閉めた。

「色が変わってるかなーって、思っただけです」

苑は言い訳して立ち上がると、コンロの上の中華鍋をテーブルに持っていった。

中華鍋には、ひき肉と玉ねぎを炒めたものが入っている。青洲が潰しているじゃがいもと混ぜて、コロッケを作るのだ。

苑はコロッケを作るのは初めてで、前の日からわくわくしていた。

でも一方で、青洲の様子も気がかりだった。

料理をしたり、掃除をしたり、庭の雑草を抜いたり、日々の仕事をこなす間も、青洲は何かを考え込んでいる。

苑と一緒の時はおしゃべりをするけど、ふと沈黙が落ちることが多くなった。そういう時、青洲は決まって何かに集中するように、内側にこもっている。

一人でふらっと散歩に出る機会も増えた。ちょっと散歩してくる、と言って、一時間くらいすると帰ってくる。

ただ考え込んでいる時もあれば、眉根を寄せて難しい顔をしている時もある。ため息をつくこともあって、いったい何をそんなに考え込んでいるのだろうと、苑は気になっているのだった。

もしかして、下宿屋の運転資金がとうとう尽きたとか。

不安になって、こっそり知多に相談してみた。

「そっか、苑ちゃんはセイさんから、太郎さんのこと聞いてるんだね。でもまだ当分、資金は尽きないと思うよ。大丈夫」

そう言ってもらって、ホッとした。

最初にプールした運転資金は、この土地の評価額と同等くらい、というだけあって結構な金額だ。それに毎月の家賃や店の売り上げなど、入ってくる金もある。決して儲かることはないが、赤字ばかりでもない。

居候が大勢いたら赤字は大きくなるだろうが、それでも数年で尽きる心配はないそうだ。

「セイさんが考え事？　うーん、なんだろうねえ。僕は気づかなかったけど」

知多に聞いてみたが、よくわからないということだった。

「彼はあまり、自分のことを話す人じゃないからね。悩んでるふうなら、苑ちゃんが聞いてみたら？」

その口調がどこか面白がるようだったので、きっと深刻な事態じゃないのだろう。もし知多の目にわかるほど青洲の様子がおかしければ、もっと心配しているはずだ。

気軽に、苑ちゃんが聞いてみたらと言われたが、勇気が出ないまま数日が経っている。

「どうしたの？」

「えっ」

潰したじゃがいもとひき肉を混ぜながら、苑は我知らず何度も青洲を見ていたらしい。

「何度も俺の顔見てるから。何かあった？」

手を止めて、青洲は真っすぐに苑を見る。優しい眼差しに見惚れそうになり、慌てて瞬きした。

「あ、いえ……」

「今日もいい男だなって？」

「自分で言わないでください。あの……明後日、緊張するなって」

青洲のことを尋ねようと思ったのに、本人が余計な合いの手を入れるものだから、気が削がれてしまった。無用な嘘をついた。いや、完全な嘘とも言えないのだが。

「そういえば明後日だっけ。出版社の人と会うの」

以前、夏泊に紹介された出版社の人と、会うことになったのだ。

ただ紹介されただけで、それきりなんの話もなかったから、社交辞令で終わったのだと思っていた。

でも夏泊には、時代考証の入門書のような本を出す企画が上がっていて、イラストレーターを探していたのだという。

編集者はツウィッターのキジえもん絵日記も見てくれていて、苑のイラストなら本のコンセプトに合いそうだということだった。

先週、編集者から「夏泊先生の本の件ですが」と電話があって、一度お会いしませんかと言われた。

夏泊の本なのに？　と思ったが、とりあえずの顔合わせということらしい。webコミックの編集者とは、電話はおろかメールでしかやり取りしていないから、媒体や編集者によってやり方が異なるようだ。

夏泊に相談したら、「気軽に会ってみなよ」と、言われた。

それで顔合わせに応じたのだが、声しか知らない編集者と仕事で会う、というのは、いささか緊張する。

「会うのはお昼からって言ったっけ」

青洲がカウンセラーみたいな柔らかい口調で尋ねてくる。

「はい。午後二時に駅で待ち合わせて、お茶でもしながら話しましょうって。あ、たぶん夕飯までには帰れると思うんですけど」

「そっちは気にしなくていいよ。自分の仕事優先で。けど、午後二時か。駅は神保町だよね」

「そうです」

そこで青洲は、また何か真剣に考え込んだ。

「俺も近くに行く用事があるから、途中まで一緒に行ってもいい？」

やがて、思いついたように言った。

「ええ？　いえ、それは俺も心強いですけど」

苑が不安がっているから、引率してくれるのだろうか。そんな考えが顔に出ていたのか、青洲は苑を見て「本当に用事があるんだよ」と、苦笑した。

「俺も、別の出版社の編集に会いに行くんだ。前から、一度会いましょうって言われてたの。いつでもいいですって言うから、明後日でもいいかなと思って」

ホラー小説か、それとも官能小説の方だろうか。

「ずっと先延ばしにしてたんだよね。苑ちゃんと一緒なら行きも楽しいかなって」

そういうことなら、苑も頼もしい。

結局、青洲がどんな考え事していたのか聞けずじまいだったが、また折を見て尋ねてみることにする。

翌々日、昼ご飯の後、青洲と二人で神保町へ向かった。

出かける前までまだ少し緊張していたのだが、今日の青洲が一段とかっこよくて、他のことが考えられなくなった。

まだ梅雨の明けない、どんより曇った蒸し暑い昼下がり、ブルーグレーの半袖のニットセーターに、アイボリーのパンツを合わせている。

普段は財布くらいしか持ち歩かない彼が、今日は本革のかっちりとしたビジネスバッグを提げていた。清潔感があって涼しげで、そして何やら気合が入っている気がする。

苑なんて、Tシャツに七分ズボンと斜め掛けのバッグで、まるきり学生にしか見えない。

「もし終わりの時間が合いそうだったら、食事して帰らない？　しばらく外食してないし」

電車で移動途中、そんな提案をされて浮かれた。

青洲と二人での外食は、去年、手芸用品を買いに行った時以来だ。あれは昼だったが、今回は夜である。デートみたいだなあ、と思ってしまい、慌てて妄想を振り払った。

現実を見つめて、もう期待なんてしないと誓ったのに。

「デートしよ」

とびきり甘く微笑まれ、「は、はひっ」とおかしな返事になってしまった。

人の気も知らないで……と思わなくもないが、本当に知らないのだから仕方がない。

失恋を自覚したものの、青洲との関係は今までとなんら変わりがない。

青洲は無自覚に苑を甘やかすし、こんなふうに勘違いしそうなことを平然と言うので、感情がぐらぐら揺れる。今も夕食デートが楽しみでならない。

「終わったら連絡するね。頑張って」

地下鉄の神保町駅の改札を出て、それぞれの出口に向かう際、青洲が言ってポン、と苑の背中を優しく叩いた。

「はい。青洲さんも頑張ってください」

苑と違い、ベテランの青洲が編集者と会うのに、気負うことなどないだろう。売り言葉に買い言葉ではないが、反射的に言ってしまった。

青洲はそれにちょっと目を瞠(みは)ってから、にこっと明るく笑う。

「うん。行ってくる」

晴れ晴れとした、美しい笑顔だった。まぶしすぎて目がくらみそうになる。

しかし、おかげでこちらの緊張も解けた。駅の出口で編集者と待ち合わせて、喫茶店へ向かう。

初めて会った編集者は、立川(たちかわ)という女性で、青洲と同じくらいの年恰好だった。黒ぶちの眼鏡をかけて、学校の先生みたいに真面目そうに見える。

話してみると物腰が柔らかく丁寧で、ほとんど素人の苑に、最近の出版事情とか夏泊がいかにすごい研究者か、というようなことを話してくれた。

今度出す予定の本は、初心者でもわかりやすいよう、イラストを多く入れたいのだという。

　でも時代考証の本だから、絵にも嘘があってはならない。夏泊も交えて、細かな指定を出すことになると思う。そんな話もされた。

　原稿料の話も具体的にしてくれて、今まで金の話は後回しだったので安心した。

　無駄な話はほとんどしなかったのに、終わる頃には三時間ほどが経っていた。

「本当は夕食でもご一緒したいんですけど、会社に戻らなきゃいけないんです。今度ご馳走させてください」

　喫茶店でお茶とケーキを奢ってくれて、立川は申し訳なさそうにそう言った。

「ありがとうございます。俺も今日はこの後、同居人と食事をしようかって話してて」

「あ、下宿屋さんでしたっけ。夏泊先生が長年、住んでらしたっていう。お店もやってるんですよね」

　興味深そうに、立川の眼鏡の奥の目がひらめく。

「はい。今度ぜひ飲みに来てください。夏泊さんも週一でいらっしゃるので」

　立川は「ぜひ。行きたいです」と、食い気味に言った。

「先生から聞いて、気になってたんです」

　下宿屋は端から見ても特殊で興味深いものらしく、立川も「まぼろし食堂」がずっと気になっていたそうだ。

絶対に飲みに行きます、と最後に立川は言い、喫茶店の前で別れた。

青洲はどうなっただろう。スマホを確認したが、彼からは連絡は入っていない。

苑はその場で、「今終わりました」と、青洲に送った。とりあえず駅に向かって歩いていると、ピロンと音がして青洲から返信が来た。

『御茶ノ水駅近くのカフェにいます。もうすぐ終わるので待っててくれる?』

神保町から御茶ノ水駅までは徒歩でも行ける。どうせ暇なので、苑も御茶ノ水駅に移動することにした。

御茶ノ水駅前のコーヒーショップで待ってます、と返信をする。この辺りには土地勘があるので、迷わなかった。

御茶ノ水駅は、苑が働いていた玩具メーカーの最寄り駅なのだ。

駅が近づき、かつての通勤路を通ると、当時のことが思い出されて複雑な気持ちになる。

(毎朝、この道を通る時は憂鬱だったな)

心の中は毎日どんより曇っていて、足取りが重かった。あの時の感覚を思い出す。

会社に行きたくなくて、たまに早く起きて通りのコーヒーショップでカフェラテ一杯を飲むのが心のよすがだった。

ドキドキと不安が蘇るのと同時に、もう会社には行かなくていいのだ、という喜びと解放感に包まれる。

（辞めてよかった）

あの時は辛くて悔しくて、辞めて馬鹿なことをしたかも、という後悔もあった。でも今は、あの時に辞めてよかったと思う。退職した日、半べそをかきながら一人でやけ酒を飲んだことも、その後の出会いを考えればいい思い出だ。

道すがら、会社の人と居合わせたら嫌だな、と思っていたが、そういうこともなかった。苑はコーヒーショップに入り、カフェラテを頼んだ。夕方、駅前の立地もあって中はほどよく混んでいたが、たまたま窓際のカウンター席が空いたので、そちらに座る。

空調の効いた店内で、砂糖たっぷりの熱いカフェラテを飲んだ。

外はまだ明るくて、そういえば帰り道は終電ギリギリでいつも走っていたなあと、過去を振り返る。

もう辛いことは終わった。疋田にされたことは許せないけれど、雑用を押しつける苑がいなくなって一人、あくせく終電まで働いている彼を想像すると、ちょっと胸がスッとする。

こっちなんか、疋田の一万倍いい男と暮らして、愉快な人たちに囲まれ、毎日のびのび、楽しいことしかしていないのだ。

（幸せだなあ）

カフェラテを飲みながら、心の中でつぶやく。そうだ、幸せだ。

苑は気がついた。今誰かに、「幸せ？」と聞かれたら、間違いなくうなずける。

以前の自分の価値観に照らし合わせたら、今の自分は「ちゃんと」していないのかもしれない。でも、幸せなのだ。

幸せの定義なんて、今もってよくわからないが、苑はいつの間にか幸せになっていた。

（それでもって、青洲さんがやっぱり好きだ）

日々の幸せと楽しさの中に、いつも青洲がいる。

いつか独り立ちできるようになっても、下宿屋に暮らし続けて青洲のそばにいるのが苑の今の願いだ。絵の仕事が上手くいかなくても、その願いは変わらない。

（進む道って、こういうのでいいんだ）

気がつけば、自分の行く道が決まっていた。

（青洲さんに、ちゃんと言いたい）

好き、という気持ちは打ち明けないまでも、知多みたいにずっと住まわせてください、と言いたい。

その時、後ろからぽん、と肩を叩かれた。

「青洲さ……」

青洲だと思った。振り返って、凍りつく。そこにいたのは、苦く辛い思い出の中心にいる男だった。

疋田が背後に立って、苑を見下ろしていた。

「やっぱ小路だ」

苑の世話を焼いていた頃と同じように、爽やかで優しげな笑顔で、疋田は言った。

誰が見ても優しそうな人だと思うだろう。でも本性を知った苑には、何もなかったように微笑みを返せない。お久しぶりです、とぎこちなく頭を下げる。

隣の席には学生らしき女性が座っていたが、気を利かせてくれたのかちょうど去るところだったのか、「どうぞ」と、わざわざ席を空けた。

疋田は女性が声をかけたのに気づかず、「あ、空いた」と言って、どっかり座る。

苑にとってはありがた迷惑だったが、仕方なく女性に「すみません」と会釈をした。

「小路、こんなところで何やってんの」

答える義理なんてない。一番会いたくない相手なのに。

「人と待ち合わせです」

小さな声で答えると、「相変わらずおどおどしてるなあ」と、笑う。以前は確かに、おどおどしていた。でも今は違う。ただ話したくないから素っ気なくしているだけだ。

何か御用ですか、と言い返そうと思ったのに、「あっ、わかった」と、人差し指を突きつけられて気を削がれた。昔はなんともなかった疋田の仕草が、今はいちいちイライラする。

「指ささないでくださ……」

「お前、豊田（とよた）さんと待ち合わせしてるんだろ。あの人、今は出版社にいるらしいし」

決めつけられて、「は？」と、怪訝な声が出てしまった。

豊田は、苑が新人の時についてくれた女性の上司だ。苑の研修終了と同時に産休に入り、そのまま育休になったので、苑が辞めた時にはまだ復帰していなかった。

連絡先も交換していないし、豊田が退職していたことすら知らなかった。

「違いますけど」

それより早く、どこかに行ってほしい。というか、仕事はいいのだろうか。今も同じ営業部にいるなら、こんなところで油を売ってる暇などないはずなのだが。

しかし疋田は、苑の話など聞いていないようで、今度は自分のスマホを操作している。かと思うと、画面を苑に向けた。

「ツウィッターのこれ、お前のアカウントだろ」

思わず画面を見つめる。スマホに表示されたツウィッターのアカウントは、確かに苑のペンネーム「キジらー」のものだった。

「どうして……」

疋田が知っているのだろう。怪訝に思っていると、疋田はニヤニヤ笑った。

「最初はこれ、本名でやってたじゃん。お前が辞めた後、急に表示名だけ変わって漫画始めたから、驚いたよ」

驚いたのはこっちだ。表示名を本名にしていた時も、疋田には言っていなかった。以前は本名だった上に、入社時に玩具メーカーに入ったことをつぶやいていたから、特定しようと思えばできる。

でも、それなりに根気が必要だろう。疋田がそこまでしていて、かつ、苑本人に一言も言わなかったのが、なんとなく気味悪かった。

「こわ……」

本音がポロリと出た。それを聞きつけて一瞬、疋田の笑顔に険が走る。

「人にさんざん迷惑かけておいて、楽しそうなことやってるよなあ。お前がいきなり無責任に辞めるから、あの後、尻ぬぐいが大変だったんだぞ。そこんとこわかってんのか。このバカ頭。聞いてるか、おーい」

爽やかに笑いながら、ポンポンとじゃれるように頭を叩いてくる。痛くはない。でも腹が立つ。こういうのを、以前の苑はスキンシップだと思っていた。本当に馬鹿だ。

「やめてください」

苑は疋田の手を振り払い、相手を睨んだ。

疋田の顔が苛立ちに歪む。疋田にこういう顔をされると、怖くてたまらなかった。

あの頃の記憶が蘇り、怯みそうになる。青洲の顔を思い出し、腹に力を入れた。

「ひ、引き継ぎなら、ちゃんとしました。いきなりっていうか、一か月前に言いましたし、有休一日も取らずに仕事をさせられました」

「そんなの当たり前のことだろ。威張って言うなよ」

「だから、無責任に辞めてません。それに、尻ぬぐいをしたのは俺の方です。あなたの分の仕事を押しつけられてサービス残業させられて、あげくに社内コンペの応募データまで盗用されても黙ってたんですから」

「おい、いい加減なこと言うなよ」

だんだん声が大きくなる苑に、疋田は人目をはばかるようにきょろきょろと周囲を見回した。会社の近くだから、店内に疋田の会社の社員がいてもおかしくない。

周囲に聞かせるつもりはなかったが、疋田が慌てているので、苑はわざと大きめの声で続けた。

「いい加減じゃありません。証拠が周到に隠滅されたからどこにも言えなかっただけです。あの時、応募時間ギリギリまで俺に添付資料のチェックをさせて、親切ごかしに俺のパソコンから応募サイトにデータをアップしましたよね。自分の応募作とデータを入れ替えて、その後、ご丁寧にローカルフォルダのデータも変えて」

「証拠があるのかよ」

「犯人のセリフですよ、それ」

くすっと笑ってみせた。目の前の男の顔が、瞬時に怒りに変わる。疋田の口から恫喝のような呻きが漏れ、苑は胸倉を摑まれていた。

「ふざけんな。余計なこと言うんじゃねえぞ。だいたい、ぜんぶお前のせいだからな」

それまで、曲がりなりにも社交的な表情を装っていたのに、豹変した。

「なめやがって。お前が俺のを盗作したんだよ。ＳＮＳでそう言ってやろうか」

何を言っているのだろう。本気で彼の言っていることの意味がわからず、何か苑の知らない事実があったのだろうかと考えてしまった。

「言っとくけど、根拠なんかなくても炎上するんだからな。パクリ漫画描いてるって言いふらせば、すぐ炎上して仕事なんてなくなるよ」

怒りと卑屈さの中に、自信に満ちた笑いがあって、ぞっとする。

そんな馬鹿な、と思う一方で、疋田なら周到にやるかもしれない、と思う。苑が思いつかないやり方で、また苑を陥れるかもしれない。

こちらの怯えを見て取ったのか、疋田は勝ち誇ったように笑った。

何か言い返さなきゃ、と思う。そんなことできるわけない、とか。でもすぐに言い返されそうで、うまい言葉が見つからない。

頭が真っ白になりそうだった。冷静にならなければ、と言い聞かせている間に、疋田は摑んでいた胸倉を離し、またポンポンと苑の頭を叩いた。

「わかったか。お前を潰すのなんか、簡単なんだよ」

やめてください、と手をよけようとすると、執拗に追いかけてくる。

「やめ……」

その時、横から別の手が伸びて、疋田の手首を摑んだ。

「警察に行こうか」

苑は驚いて顔を上げる。真剣な顔をした青洲が、そこにいた。

「警察に行こう」

もう一度、青洲ははっきりとした声で言った。

疋田が驚いた顔をしてから、青洲の手を離そうと腕を引いたが、ほどけなかった。

「離せよ……おっさん」

他に悪態の言葉が見つからなかったのだろう、疋田が言う。青洲はそれを無視して「苑ちゃん」と呼んだ。

「この人、知ってる人？」

「あの、前の会社の先輩です。例の……」

それだけで、青洲はわかってくれたようだ。

「ああ、例の。社内コンペで苑ちゃんの企画を盗作した人」

大きな声で言うから、疋田はカッと怒りに顔を紅潮させた。がくがくと自由にならない腕を揺さぶる。

「離せよ。こっちが警察呼ぶぞ」

「いいよ」

即座に青洲が答える。青洲は立っていて、疋田を見下ろす形になっているので、威圧感がある。そうでなくても、無表情の美貌は冷たく恐ろしく見えた。

「こちらも警察を呼ぶ。たとえ元先輩だろうが、人を殴る言い訳にはならない」

「ちょっと叩いただけだろ！」

「その言い訳は警察でどうぞ。店内カメラも回ってる。通りの窓から見ても、彼が嫌がってるのは一目瞭然だったんだ。ちょっと叩いただけ、っていう言い訳が通用するかどうか、警察に行けばわかるだろう」

冷めた声で言い、じろりと相手を睥睨（へいげい）する。疋田の身体から怒りが消え、しゅうっと空

気が抜けたみたいに萎んでいくのがわかった。本当に身体が小さくなったみたいで、苑は手品でも見ている気になった。

「いやあ、ちょっとそれは……勘弁してくださいっていうか……はは」

卑屈な苦笑いを浮かべて、しきりに首を傾げる。媚びるように青洲に笑いかけたので、その転身ぶりは、いっそ見事だと思った。

でも苑は笑う気になれないし、青洲も表情を崩さない。

「さっき、この子に『潰す』みたいなこと言ってたけど。これ以上、おかしな真似はしない方がいい。こっちは会社名も君の名前も知ってるんだから」

疋田は手首を掴まれたまま、「いやあ」と、「はは」を繰り返していた。その間も、必死に腕を引っ張ったり押したりしているので、かっこ悪いなと思う。

そして青洲が手を離した途端、椅子から転げるようにして離れ、苑を一瞥もせず、下を向いたまま走り去っていった。

店の外へ逃げていく疋田の後ろ姿を、苑は呆けたように眺めていた。

「遅くなって、ごめん」

青洲の声で我に返る。いつもの優しい顔が、心配そうに苑を覗き込んでいた。

その顔を見た途端、ホッとして涙が出そうになった。涙をこらえると、自然と笑みが浮かぶ。涙目のまま、でも苑は晴れ晴れと笑った。

「ありがとうございます、青洲さん」

青洲は編集者と話を終えて待ち合わせのコーヒーショップに向かい、窓辺で苑が男に胸倉を摑まれているのを目撃したという。それで慌てて助けに来てくれたのだ。

「遅くなってごめん。こっちで待ち合わせるって言ったのは、俺ですよ」

「そんなの。御茶ノ水にしなければよかった」

青洲は一つも悪くない。それどころか助けてくれて、むかつく疋田をやっつけてくれた。

みっともなく逃げていく元先輩を見て、苑は胸がすっとした。

それでも青洲は心配していて、今日は帰った方がいいかなと気遣うのに、苑はきっぱり、

「デートがしたいです」

と言った。嫌な目に遭ったからこそ、気晴らししたい。

苑の言葉に青洲も「それもそうだ」と、ようやくにっこりする。

「よし。じゃあ、うんと美味しいものを食べよう」

青洲はあらかじめ、いくつか店をピックアップしてくれていて、苑がその中からスペインバルを選んだ。

店内が広くて、でも半個室になっていて、二人客でも落ち着ける。平日の早い時間なので、予約なしでも奥まったいい席に案内してもらえた。

「お疲れ様。大変だったね」

ワインで乾杯して、青洲が最初に口にしたのはそんな言葉だ。苑は緩くかぶりを振る。

「俺一人だったら、オロオロして対処できなかったけど、青洲さんが助けてくれたから。彼……疋田が逃げてくのを見て、すっきりしました」

今はむしろ、晴れ晴れとした気分だ。炎上させると脅されたのが引っかかるが、スペイン料理店に向かう道すがら、そのことを青洲に話すと、

「むやみに嘘をついて騒いだところで、本人が炎上するだけじゃないかな。中には、根拠のない嘘を鵜呑みにする人もいるかもしれないけど、そもそも嘘をついて苑ちゃんの仕事に不利益を及ぼそうとするなら、それは名誉棄損だからね」

疋田の脅しは方便だと言ってくれた。

「脅しておいたから、下手なことはしないと思うけど。もしもの時は俺が苑ちゃんの味方をして、きっちり手を貸すから。安心して」

青洲が言うなら、きっと大丈夫だ。それでもう、すっかり安心できた。

「もう、あの男のことは忘れます。俺の人生には関係ないから」

赤ワインを飲みながら苑が言うと、青洲は「おや」というように目を見開いた。

「編集さんとの顔合わせは、問題なく終わったんだね」

青洲の言葉に、強くうなずく。立川からいろいろ話を聞かせてもらったこと、彼女がまぼろし食堂に行きたいと言っていたことも話した。

「いいね。お客が増えるのは大歓迎だ」

そんな話をしていたら、ちょうど頼んでいたタパスが来て、二人でワインを飲みながら前菜を摘まんだ。どれも美味しい。ミニ甲イカのアヒージョが特に気に入った。

「青洲さんも、上手くいきました？」

向かいで料理を食べる青洲が、いつもよりも機嫌がよさそうなのを見て、苑はそっと尋ねてみる。

このところ、頻繁に考え込んでいたが、今日は一度もそんな様子を見かけなかった。

「うん。久しぶりに会ったから、俺もちょっと緊張しちゃったけど」

「久しぶりだったんですか」

「そう。ずっと、もう何年も年賀状のやり取りと、向こうがメールをくれるだけだったんだ。いつまでも待つって言ってくれたけど、本当に待ってくれてるかは不安だった」

「それって……」

もしかして。苑が青洲を見つめると、青洲もこちらを見て微笑む。それから小さくうなずいた。

「まぼろし食堂の出版社。新しい話を書きたいって言ったんだ」

興奮に、ざわっと鳥肌が立った。

「ほんとに……」

それはすごいことだ。子供向けの本なのに子供のことを考えてなかったと、悩み続けていた青洲が、「あおいなみ」で復帰しようとしている。

苑が驚いていると、青洲は照れ臭そうな顔をした。

「いいものが書けるって保証はないし、向こうの期待どおり売れるかわからない。でもとにかく書いてみようと思ったんだ」

「す、すごい。ぜひ、そっちも再開してください。それから、怪盗王子も再開したくて」

「興奮のあまり、ワイングラスを倒しそうになって、慌てた。落ち着こう。俺、どっちも待ってます!」

あまり騒いで、青洲のプレッシャーになってもいけない。そう考え、すーはー、と深呼吸をする。青洲は苑の様子に笑いをこらえながら、「ありがとう」と言った。

それきり黙ったので、苑は気持ちを抑えながら、ちびちびワインを飲む。そうすると、少しずつ興奮が収まっていった。

「でさ」

まるで苑が落ち着くのを待っていたように、青洲がやがて口を開いた。

「その挿絵を、苑ちゃんが描いてくれない?」

ビクッとしてワイングラスを乱暴に置いてしまい、大きな音がした。慌てたが、幸いグラスは無事だった。

「え……え?」

「苑ちゃんが黒板に描くキジえもんを見てたら、いつからか話のイメージが浮かぶようになったんだ。昔、太郎さんの食堂を手伝ってた時、モフおじさんを思いついたみたいに」

楽しい思い出をなぞるように、懐かしそうに眼を細める。

「でもまだ、子供向けの仕事を再開する自信がなかった」

そうこうしているうちに、苑の絵が中野の目に留まり、雑誌のカットを引き受けるようになった。

「知多さんが苑ちゃんと二人で仕事の話をしていて、楽しそうで羨ましいなって思った。中野さんもさ。俺が最初に、苑ちゃんの絵をいいなあって思ったのに」

「ええ、え」

そう言われればいつぞや、一緒に仕事をしたいなあ、と言っているのを聞いた。あの時、知多と根室が固まっていたっけ。

もしかして、二人はこういう事態を想定していたのだろうか。

「最近はヒロさんとも楽しそうだし、俺も苑ちゃんと仕事したいなって思って。苑ちゃんの描く絵なら俺、話を思いつくんだ」

自分の絵は素人の絵……というのは、もうこれで仕事を引き受けているのだから、言うべきではないのかもしれない。

ただの趣味じゃなくて仕事だから、と、絵の練習もいっぱいするようになった。でも、立て続けに仕事がもらえたのは、コネがあるからだ。ペンネームだって、まだ「キジらー」のままだし。

「今日、編集さんに苑ちゃんのアカウントを見せた。俺が教える前から『キジらー』さんのこと知ってたよ。あとはイラストレーターさんに承諾してもらえれば」

「そ、それは光栄ですが」

「挿絵を描いてほしい。仕事が忙しかったら、スケジュールが空くまで待つから」

「いえっ、そんなに仕事はないので……」

畳みかけられて、動揺しっぱなしだった。落ち着け、ともう一度深呼吸する。

その間、青洲は黙って苑を見ていた。青洲は真剣なのだ。信じられないけれど、本当に苑に描いてほしいと思っている。

「嬉しいです。でも、ちょっと不安はあります。中野さんから最初の仕事をもらって、まだ半年くらいしか経ってないのに、コネで仕事をもらえるようになって」

言うと、青洲は目を細めてうなずいた。

「まだ始めたばかりだもんね。もちろん俺もフォローする。でも苑ちゃんは、もっと自信を持っていいと思うよ。絵は趣味だって言うけど、ちゃんとプロで通用するレベルだからね」

「そうでしょうか」

もっと上手な人が、ネット上にゴロゴロしている世の中だ。技術的に、まだ描けないものもたくさんある。

夏泊の挿絵だって、おっかなびっくりなのだ。嬉しくて誇らしい一方、俺なんかでいいのかな、という気持ちが常にある。

「いくらコネがあっても、中身がなければ続かないよ。それに、中野さんのところの仕事を見聞きしてたけど、打ち合わせる内容もすごくしっかりしてた。仕事できっちりコミュニケーションが取れるって、すごく大事だよね。あれは会社での経験が生きてるんじゃないかな」

嫌な思い出ばかりの会社での経験も、ちゃんと役に立っている。もしそうなら、嬉しい。

「もちろん、商用として通用するかしないかっていうのは重要だ。大前提だけど、その上で苑ちゃんの絵に俺の話を乗せたいと思った」

決然と言ってから、青洲は「あのね」と柔らかい口調に戻る。

「昔、太郎さんの食堂を手伝っていた時、すごく楽しくてね。わくわくして、それからふと話を思いついたんだ。それから食堂に立つと、やっぱりわくわくして、いろいろな想像が思い浮かぶようになった」

ある時は、絹さやの筋を取りながら、またある時は次々に現れる客をもてなしてくるくる動き回りながら、まぼろし食堂で働く楽しさと高揚の中で、想像やストーリーが湧いた。その一つがモフおじさんだったし、後々、怪盗王子のアイデアの一つにもなった。ホラー小説や官能小説のネタも、当時のアイデアを使ったものがある。

「いろいろあって、そういう楽しさを忘れてた。苑ちゃんが来て、一緒にカウンターに入るようになって、あの時のわくわくを思い出したんだ。そしたら苑ちゃんがキジえもんを描き出して、世界が広がった」

いつも飄々としていた青洲の中に、そんな変化があったなんて、少しも気づかなかった。でもたぶん青洲には、苑が想像する以上にたくさんの迷いや悩みがあったのだ。

彼はいつもそれを、はっきりとは口にしない。知多もそんなことを言っていた。

青洲はきっと、あまり自分の内面を他人につまびらかにする人ではない。それは、他人に弱みを見せない、というのにも似ている。

その彼が今、細やかに自分の心情を伝えてくれている。思えば折に触れて彼は、苑に対して自分の内面を伝えてくれていた。

太郎のことも、自分の辛い過去も。

心を許してくれた。ならば、自信がないなんて言っている場合ではない。全力で応えるるべきだ。

そう思った途端、気持ちが落ち着いた。困惑と動揺に代わって、喜びと希望が湧き上がる。

青洲が望んでくれた。大好きな人が大好きな作家で、その人が苑の仕事を求めてくれている。これ以上、光栄で幸せなことってないのではないか。

「……やっ、やります」

そこまで考えて、苑は答えた。

「俺にやらせてください。俺も、青洲さんのお話に挿絵を描きたい」

幸せや希望は、いつも突然にやってくる。星が瞬くように、目の前が煌いて見えた。

勢い込む苑に、青洲は彼にもその星が見えたかのように、ぱちぱちと目を瞬かせる。

ぼうっと、呆けたように苑を見つめた。青洲はそのまま言葉もなく、苑を見つめ続ける。

「苑ちゃん」

目を見開いたまま、唐突に青洲が言った。

ぼんやりしていた彼の瞳は、急に焦点が定まり、苑を見つめて真剣な顔になる。

「もう一つ、お願いしたいことがあるんだけど」

青洲の真剣さに、苑も思わず背筋が伸びた。

「はい」

「……俺とお付き合いしてください。恋人として」

時が止まったように思えた。実際、苑はしばらく固まっていた。

「……え」

今、告白されたような気がしたが。

「苑ちゃんから見たら、俺なんかおじさんだけど。君が好きなんだ。真剣に付き合いたい」

やはり告白だった。初めてイラストの仕事をもらった時より、信じられない気持ちだった。

「おじさんなんて……青洲さんこそ。俺のこと好きだなんて……だって、俺ですよ？ いやそれより青洲さん、知多さんに俺のことどう思ってるのか聞かれた時も、気のない返事してたじゃないですか」

あれがどうなって、苑を好きだなんて言うようになったのか。

「あ、聞いてたんだ」

「聞こえちゃったんです」

訂正すると、青洲は「そっかあ」と、緩く笑う。

「あの時はまだ、自分の気持ちに気づいてなかったんだ。最初にまぼろし食堂で出会った時、可愛いけど可哀想だなって思ってた子が、少しずつ明るくなって、隣にいるようになって、俺を癒やしてくれた」

最初に苑のことをどんなふうに思っていたのか、青洲は教えてくれた。苑が彼の告白を信じられずにいるからだろう。

青洲と出会ったあの夜、苑は酔っ払いなのに青ざめていて、瘦せこけて、見てすぐにわかるほど心身共にボロボロだった。

「俺がなんとかしてあげなきゃって思った。今まで誰にも、そんなふうに思ったことはなかったのにね。君は俺が大家になって初めての店子だから、だから特別なんだって思ってたけど、たぶん出会った時から気になってたんだよ」

でなきゃあんなに構ったりしない、と言われて、意外だった。

青洲はただ面倒見がよくて優しいから、苑を構ってくれているのだと思っていた。

「俺は今まで、まともな恋愛をしたことがなかったんだ。付き合ってって言われて恋人になったことはあるけど、自分で好きだなと思った相手はいなかった。ずっと昔は、そういうことは悪いことだと思ってたし」

青洲は親から、虐待と言ってもいい抑圧を受けていたのだ。

「でも、人を好きになるってどういうことか、苑ちゃんといて、ようやくわかった気がする。苑ちゃんさ、二人で桃を食べた時、一番美味しいところをくれただろ」

覚えてる？　と言われて、うなずいた。青洲が梅を取りに行って、ついでに桃もいただいてきた時だ。

「え、そんなことで？」

思わず言ってしまった。青洲は苦笑する。

「それ以外にも、餃子のよく焼けてるところくれたじゃない。あと、お正月に一番甘いみかんだって、剝いたみかんくれて」

「ええ……食べ物ですか」

餌づけをした覚えはないが、そういうことなのだろうか。困惑していると、青洲は楽しそうに口を開けて笑った。大笑いだ。

ちょうど、パエリャとおかわりのワインを持ってきてくれた店のスタッフが、びっくりしたように青洲を見る。青洲がにこっと笑って「ありがとう」と言うと、顔を赤くして離れていった。

「ごく自然に、当たり前みたいに美味しいものをくれるのって、すごく愛情を感じる。嬉しくて幸せな気持ちになって……苑ちゃんとずっと一緒にいたいなと思ったんだ。人を好きになるってこういうことかって。やっとわかった」

配膳されたパエリャを、青洲は慣れた手つきで小皿によそう。苑の皿には、おこげがいっぱい入っている。好きな部分だ。

苑が好きなのを知っていて、その美味しいところをくれる。確かに、愛情を感じる。大切にされている感じがする。

「でも、自覚したのは最近だけど、わりと前から好きだったんだよ。気づかなかっただけで。自分でも思い出して、呆れるけど」

青洲は実際に思い出したのか、眉尻を下げて微笑んだ。

「ペンギンのストラップを意気揚々とプレゼントしてみたり。でも後から、苑ちゃんがそれを大事にしてくれてるのを見て、切なくなったんだ」

安物の、しかも初心者キットのアクセサリーを渡すなんて、人によっては迷惑に思うかもしれない。なのに苑は大事に使ってくれている。

「嬉しくてさ。同時に、そんなものじゃなくて、苑ちゃんにはもっともっと、いいものをプレゼントしたいって思って。苑ちゃんとペンギンを見てたら胸が痛くなった。あれ、動悸じゃなくて恋心だったんだ」

以前、ダイヤをプレゼント、なんて言い出した時だ。ただ安物なのを気にしていたのだと思っていたが、そんな想いが隠されていたとは。でもそれは、青洲も自覚していなかった。

青洲が苑を好き、というのは、本当なのだ。

理解して、ぶわわ……と、喜びと興奮が溢れてくる。

「苑ちゃん。どうかな」

　青洲は不意に、真顔というか無表情になった。

「俺のこと、そういう目で見られないかな」

　切れ長の目が、じっと瞬きもせずにこちらを見た。男っぽくて艶めいた視線に、苑は経験が少ないながらも、「落としにかかってるな」とわかった。

　伊波青洲というこの美しい男は、自分の魅力を最大限に駆使して、持てるスキルをすべて使い、苑を篭絡（ろうらく）しようとしている。

　だって、いつもの青洲とぜんぜん違うのだ。仕草の一つ一つが色っぽくて、視線が搦め捕るようで、そんなふうにされたら抗えなくなる。

「青洲さん、ずるい」

　全力の色気に当てられて、目を逸らしながらつぶやく。

「ずるい？」

　大きな手が苑の手に重なる。本当にずるい。

「青洲さんは、太郎さんのことが好きだったんじゃないですか」

　ずっと、気になっていたことを口にした。人を好きになったことはないと言うけど、苑についてと同様に自覚がないだけで、青洲は太郎に恋愛感情を抱いていたのではないだろうか。

「太郎さん？」

しかし青洲は、驚いたように目を見開いた。

「それは……考えたことなかったな。いや、太郎さんとは俺、だいぶ年が離れてるし」

「俺と青洲さんも年が離れてます」

苑が食い下がると、青洲はうっ、と呻いた。

「確かにそうだけど……いやいや、もっと離れてるから。何歳差だろう……三十は離れてたな。太郎さんは享年七十二だから」

太郎の正確な年齢を聞くのは、そういえば初めてだった。意外と高齢だった。みんなが「まだ若かったのに」と言うから、四、五十代くらいかなと勝手に思っていた。

「うんと年上が好きって人もいるけどさ。でもそうか……苑ちゃん的には、俺はお父さんみたいな感じ？」

本気で困惑しているらしい。重ねていた手を引っ込めて、うーんと悩み始めた。

「青洲さんをお父さんとは思えません。あの、太郎さんのこと、好きだったんじゃないんですか。恋愛感情として」

もう一度、苑は尋ねた。青洲は首をひねって少し考え、「いや、ない」と、断言する。

「恋愛はないね。太郎さんは太郎さんだよ。俺にとって、お父さんとかお祖父さんみたいな感じ。この人が親だったらなあと思うことはあったけど、デートしたりそれ以上のことは考えられないな。大事な人だけどね。恋をするなら、やっぱり俺は苑ちゃんとしたい」

青洲はまっすぐに苑を見つめて言った。彼の真剣さが伝わって、苑は胸が熱くなる。

だからその後、

「考えておいてくれないかな」

と、控えめに言われた時、急いで「考えるまでもないです」と答えた。

「俺も、青洲さんが好きです。俺なんか相手にされないって思ってたから、伝えられなかった。でも片想いでもいいから、あなたのそばにいたいと思ってました。独立できるようになっても、青洲さんと一緒にいて、下宿屋を手伝いたいんです」

「本当に？」

目を瞬かせる青洲に、苑ははっきりとうなずく。目の前の美貌が、ふわりと花が咲くみたいに笑顔になった。

「ありがとう」

見ているこちらまで胸がいっぱいになるくらい、嬉しそうだった。

スペインバルは美味しかったけれど、途中から青洲を意識しすぎて、何を食べたのかよく覚えていない。

店を出たところで、この後どうするのだろうと、ちらりと青洲を見た。青洲もこちらを見ていて、にっこり笑う。

「すぐに帰りたくないな。もう少し、デートしない?」

「は、はい。お、俺もそう思ってて……」

「よかった。じゃあ、落ち着いたところで、ゆっくり話をしようか」

「よ、喜んで!」

居酒屋チェーンみたいになってしまった。青洲はクスッと笑い、笑顔のまま苑を見つめる。

「今夜お泊まりしても、平気?」

「……っ」

それはつまり、そういうことだ。たぶん。妄想はしていたけど、改めて正面から尋ねられるとは思わなくて、言葉を失った。

「無理はしないで正直に答えて。苑ちゃんのこと、大事にしたいんだ。嫌なことはしたくない。……もちろん、許されるなら、今すぐ襲いたいけど」

甘い声に、耳がゾクゾクする。

青洲は決して、強引なことはしない。苑の意志をちゃんと大事にしてくれる。かと言って自分の気持ちを抑え込むのでもなくて、苑を搦め捕り、誘惑しようとする。

ただ優しくて親切なだけの人ではない。でもそういう癖のあるところも、魅力的だと思った。もっとたくさん、青洲を知りたい。

「お泊まり、したいです」

自分の気持ちに素直になって、そう口にした。青洲はそんな苑の肩を、そっと抱き寄せる。

つむじにくすぐったい感触があって、キスをされたのだと気づいた。

それから青洲は、ほんの一瞬だけスマホを操作すると、スマートに苑をエスコートしてタクシーに乗った。辿り着いたのは、御茶ノ水からそう遠くはないシティホテルだった。

青洲がチェックインを済ませる間、これから起こることに想像を巡らせてカチコチに緊張してしまった。

「部屋で何か飲もうか。たまにはうちの食堂以外でまったり飲むのもいいでしょう」

苑の緊張に気づいたのだろう、青洲は部屋に向かう途中、そう言った。

部屋は窓辺にソファセットがついていて、夜の街が望める広い一室だった。

「あの、部屋代半分、払います。ご飯も奢ってもらっちゃって」

高そうな部屋だなと思い、おずおずと申し出た。苑に続いて部屋に入った青洲は、ふふっと笑う。

「いい子だね、苑ちゃん。俺が意外とお金持ちなの知ってるでしょう」

「それは知ってます、けど……あ」

後ろから、抱きしめられた。ドキドキするけれど、同時に安心した。背中が温かい。

苑は前に回った青洲の腕を抱き返した。

「恋人になってくれてありがとう。これからよろしく」

「こ、こちらこそ。不束者ですが」

苑の言葉がおかしかったのか、ふっと背後で笑いが漏れる。

「笑うなんて」

「ごめん。可愛くて」

振り返ると、青洲の顔が近づいてきてキスをされた。腰を抱かれ、はじめはそっとついばむ程度に唇を押しつけられる。苑は初めての感触にうっとりした。

「青洲さん、好きです」

唇が離れた後、陶然としながらつぶやいた。青洲はそれにすっと目を細める。

「俺も」

言って、再び唇が押し当てられた。次はいささか強引だった。何度も角度を変えて口づけられ、舌を絡められて驚いてしまった。

身体が一瞬、びくっとして、それは青洲にも伝わった。ぴたりと相手の動きが止まる。

青洲が深いため息をついたのは、たぶん気持ちを落ち着けるためだろう。ぎゅっと抱きしめられた時、彼の下腹部が硬くなっているのに気づいてしまった。

「ごめん。両想いだって実感したら、興奮しちゃって。いい年してみっともないな」

恥じ入るように言うから、苑は青洲を抱き返した。

「みっともなくない。青洲さんはいつもかっこいいです。俺も青洲さんが大好きで……同じ気持ちです」

苑ちゃん、というつぶやきが耳元でした。

「……このまま、しても平気？」

その囁きに、苑の身体は興奮してしまった。全身に血が駆け巡り、下腹部が硬くなる。

「して……ください」

どういうふうにするのか、最低限の知識しかないけれど、でも青洲は苑が下手でも失敗しても、笑わないだろう。

不安より、期待と安心があった。

「シャワー浴びよう。アルコールが入ってるから、お風呂はやめた方がいいな」

抱擁を解いて言い、苑の唇にチュッと音を立ててキスをした。

そうして、部屋の入り口からバスルームまで、青洲は優雅にエスコートしてくれた。

苑がもたもたと斜め掛けバッグを外す間に、クローゼットからスリッパを取り出し、これまた不器用に靴を脱ぐ間に自分も上着と靴を脱いで、冷蔵庫からミネラルウォーターを出して苑にくれた。

自分では緊張のあまり気づかなかったが、喉がカラカラになっていたから、これは嬉しかった。苑が一息つくと、また軽くキスをして、苑のジーンズのベルトを外しにかかる。

「じ、自分でできます」

恥ずかしくてそう言ったら、ニコッと笑ってまた何度もキスをされる。二人で下着まで脱いでバスルームに入るまで、何回キスをされたのか、覚えていない。

甘い口づけを繰り返されて陶然となったけれど、裸を見られるのはやっぱり恥ずかしかった。それがたとえ初めてではなくても。

バスルームに連れ込まれ、優しく手を添えられてバスタブを跨ぐ。シャワーの前に立った苑を抱き込むように青洲が背後に回った。

シャワーを丁寧にそっと、下から順にかけてくれる。でもその間、背後から青洲の視線を感じて落ち着かなかった。

「緊張してる?」

すぐ耳元で、低く艶めいた声がする。少し、と答えると、

「でも、勃ってるね」

と言われて、頬が熱くなった。

「俺も勃ってる。興奮しすぎて痛い」

ぬるりと、尻のあわいに熱い塊が押しつけられる。

「あ……」

すごく硬い。以前目にしたことのある青洲の形を思い出し、ぞくりと肌が震えた。

苑の反応に気づいたのか、青洲がつと、苑のあごを取る。軽く首をひねると、キスをされた。

「んっ」

苑もキスに応えた。舌を絡めたり、唇を愛撫するようなキスが気持ちよくて、陶然となる。

「可愛いね。入れる前にイッちゃいそう」

青洲は悩ましげなため息をつきながら、苑の太ももの間に性器を滑り込ませた。腰を軽く揺する。脇の下からするりと手が伸びて、片方の乳首をいじられた。

「あ……そんなことしたら、俺も……」

「一回、出しちゃおうか」

こくりとうなずくと、青洲は唇をついばみながら、今度は苑の性器へ手を伸ばす。

「ん……っ」

青洲の手は大きくて熱くて、その手に包まれただけで達してしまいそうだった。

「せ……青洲さん……っ」

軽く唇をついばまれた後、苑の太ももを使って注挿が始まった。同時に性器を擦られ、すでに興奮しきっていた苑はもう、長くは耐えられなかった。

「あ、あ」

チカチカと目の前に星が浮かんだ。こちらを覗き込む青洲は、何かをこらえるように眉根を寄せている。

「あ……」

苑が先に達し、それから耳元で切なげに息を詰める音を聞いた後、尾骶骨(びていこつ)から臀部(でんぶ)にかけて、熱いものがかけられた。

青洲が放った熱を感じながら、苑は深い充足感を覚える。

お互いに一度放った後は優しく洗われて、裸のままベッドに連れてこられた。

苑がもぞもぞベッドに乗ると、青洲が追いかけてきてキスをされる。苑はそのキスを尻でいざりながら受けていたら、最終的にベッドヘッドに背中を打ちつけてしまった。

「大丈夫?」と、青洲がやんわり背中を撫でてくれる。一度出したのに、青洲の性器はまだ反り返ったままだ。

「男同士って、どうやって繋がるか知ってる?」

本気で尋ねられて、苑はちょっとだけ拗ねた。

「俺、成人男性なんですけど」

童貞だし処女だし、キスさえ今日が初めてだけど、知識くらいはある。好奇心で男性同士の漫画やアダルト動画を見たこともある。

ムスッとした苑の視線を受けて、青洲はくすぐったそうに喉の奥で笑った。

「じゃあ、俺がここに入れてもいい？」

枕元に座る苑の尻の脇から、するりと手が差し込まれる。長い指が尻のあわいの中心を撫でるのに、苑は「わっ」と声を上げてしまった。

「今日はまだ、しない方がいいかな」

そんなことをつぶやきながら、指はさらに奥へと潜り込む。

「あ、わ……」

つるん、と窄まりに指の先が入ってきて、思わず尻を浮かせた。青洲はさらに苑の方へと膝を寄せ、深く指を埋め込む。

「ひ、んっ」

「やめた方がいい？」

真面目な顔で言いながら、苑の後ろを弄る手は止めない。

「あ、や」

「痛い？」

質問が変わった。ふるりとかぶりを振れば、指はさらにぬくぬくと注挿を速くする。

内壁を擦り上げられる感触は、苑にとって決して嫌なものではなかった。

それどころか、ぞくぞくと全身の肌が粟立って、達したばかりのペニスが硬くなる。

「ちょっと強いくらいが好き？　もっと意地悪した方がいいのかな」

蠱惑的な声が囁き、後ろを弄りながらペニスを扱く。乳首をついばまれ、たまらず喉をのけ反らせた。

「あ、だめっ、それ」

また達してしまう。苑が手を伸ばすと、青洲は愛撫をやめてくれた。どんな時でも苑の意志を大事にしてくれる。

「も……平気なんで。……入れて、ください」

勇気をもって口にすると、青洲の目が軽く見開かれた。目が合って、次の瞬間には抱きしめられていた。

「苑ちゃん……苑……」

縋るように名前を呼ばれるのが嬉しかった。その場で押し倒され、あちこちにキスをされる。その頃にはもう、青洲の表情に余裕の色はなかった。

「いい？」

苑の足を開かせ、正面から覆いかぶさるようにしながら、真剣な顔で青洲が尋ねる。

恥ずかしくて、はい、という声は小さく消え入るようになってしまった。でも、苑の覚悟は伝わったようだ。

「ありがとう」

淡く微笑んで、苑の頬を撫でた。それからゆっくりと苑の中に身を沈めていく。

「ふ……ぁっ」

身体がいっぱいに広げられていく。未知の感覚は、しかし青洲がいるから怖くなかった。

「ゆっくり息して」

医者と患者みたいだ。苑はクスッと笑う。力が抜けて、もっと奥まで青洲が潜り込んだ。

「あっ」

「……奥まで入った」

額に汗をかきながら、嬉しそうに青洲が言う。

硬くて熱い魂が、苑の中を擦り上げてうねっていた。入れられているのは後ろなのに、じんと性器が疼く。

「上手にできたね」

「……んっ」

やんわり首筋や鎖骨を撫でられ、軽く腰を揺すられる。青洲の亀頭が浅い場所を刺激して、また性器がじんじんと疼いた。

「ここがいいんだ？」

苑がひくりと身を震わせると、青洲は意地悪く笑って浅い部分を何度も突き、先走りをこぼす苑のペニスをやんわりと扱いた。

青洲のなすがまま、身体を貪られ、快楽を引きずり出されていく。

「あ、や……すご……」

たぶん、青洲はすごくセックスが上手なのだ。そうでなければ、初めての身体がこんなに気持ちよくなるはずがない。

「あ、あ……青洲さんっ」

後ろを擦られるのも、焦らすように性器を扱かれるのも、それから愛おしそうに名前を呼ばれて、キスをされるのもぜんぶ、気持ちよかった。

最初からこんなに気持ちよかったら、この先どうなってしまうのだろう。

「い……い……っ」

「苑？　いいの？」

「い……淫乱になっちゃう……っ」

快楽の熱に浮かされながらつぶやいた言葉に、青洲は「ふはっ」と、吹き出した。

「いいね。淫乱な苑を見てみたいな」

いつの間にか呼び捨てにされている。それさえ快感に繋がる。

「可愛い」

強く抱きしめられ、腰を穿たれた。目の前がスパークし、射精したけれど、青洲は止まらなかった。

「ひ……せぃ……あっ」

最後には、ガツガツと思うさま穿たれ、ほとばしりを身体の奥に感じた。

広い胸が覆いかぶさってくる。汗ばんだ皮膚は冷たく、でも芯は熱かった。トクトクと速い心臓の鼓動が、合わさった部分から伝わってくる。

「苑。大好きだよ」

それは神に祈るような、敬虔な声音だった。じわ、と思わず涙が溢れる。

「俺も好き。大好き。青洲さん」

愛する人と肌を合わせる幸せと快楽を、苑はその夜、初めて知った。

それはおそらく、青洲も同じだったのだろう。

「幸せだね」

いくつもの快感の合間に、青洲はぽつりとつぶやく。

苑もうなずいて、二人はしっかりと抱き合った。

秋になった。

残暑と秋の涼しさが入り交じる夕方、まぼろし食堂を珍しい客が訪れた。

「学生時代の友達が、たまたま中野さんの同僚だったの。でも『キジらー』さんのことは、前からツウィッターで知ってたわよ。きっちゃん、可愛くて大好き。本が出たら絶対買うわ」

この夏に仕込んだ梅酒のロックを飲みながら、眼鏡美人が目を細めた。その隣には本物のキジえもんがちょこんと座っている。

おやつのちゅーるーを食べ終わり、物欲しそうに隣のお通しの皿を見ていた。

「ありがとうございます。それと、挨拶もなく辞めてしまってすみません」

苑はカウンターの内側から頭を下げた。彼女は「そんなの、いいのよ」と、恐縮したように手を振る。

今夜、初めて店に現れたその客は、苑の新人時代に教育係をしてくれた、豊田という女性の上司だった。

中野から「豊田さんて知ってる?」と、遠慮がちに聞かれたのは先月のことだ。

どうやら中野の知り合いと豊田に繋がりがあったらしく、そこで苑の近況を知ったらしい。

遠回しに会いたがっているようなので、中野の仲介で連絡先を交換した。

苑から会いませんかと言い、もしよければと、まぼろし食堂に招待したのだ。

苑も、豊田には一度会いたいと思っていた。嫌な思い出の多い会社だが、新人教育で彼女に教えてもらったからこそ、それなりに社会人としてやっていけたのだと思う。

「謝りたくて、あとお礼を言いたかったんです」

「とんでもない。謝るのはこっちよ。小路君に会ったら、一言謝りたかったの。途中で放り出して、産休に入ってごめんなさい。あの上司に新人を任せたら困ったことになるって、わかってたのに。自分のことで手いっぱいで」

豊田は実は、苑を置いて産休育休に入ったことが、ずっと気にかかっていたのだという。

営業部は社内でも特に離職率が高く、新人が育たない。中でも苑のいた課の課長は仕事ができないことで有名で、上司へのおべっかだけで昇進したと言われていた。

課内の空気は以前から悪かったし、課長におもねるだけの疋田のような社員ばかりが評価されていた。

詳しい話をしなかったが、豊田自身も上司からマタハラを受けていたようだ。

万全の体調ではない妊娠中、大変な新人教育を任されたのも、その一環だったのかもしれない。苑は今になってやっと理解する。

苑こそ、自分のことで手いっぱいで豊田の体調のことも考えていなかった。

「ま、本当に悪いのは、あの上司とあんな無能に役職与えてる会社よね。辞めてせいせいしたわ」

梅酒ロックを飲み干して、きっぱりと豊田は言った。苑も笑ってうなずく。

豊田には無事に女の子が生まれた。今は元の会社を辞め、学生時代にアルバイトをしていたという、出版社の編集部でパートを始めている。それが中野の同僚の部署だった。

「はい、これ。つまみ。飲み物、どうします？」

つまみの皿を出した青洲が、豊田のグラスが空いたのを見て尋ねる。

「あ、じゃあ同じものを。これは……南蛮漬け？」

「そうです。新鮮な豆アジがいっぱい手に入ったんで、南蛮漬けに」

先日、海辺に住んでいるというＯＢが大量に持ってきてくれたのだ。青洲と苑とで、頑張ってぜんぶ下処理した。

カリッと揚げて野菜と一緒に漬けた豆アジは、噛むと旨味の絡んだ南蛮酢がじゅわっと染み出て美味しい。

酸味がきいてさっぱりしているので、甘い梅酒にもよく合う。昨日からつまみに振る舞っているのだが、おかげで豆アジも大量に漬けた梅酒も、あっという間に減っている。

豊田も、梅酒のおかわりを飲みながら豆アジを口に放り込み、「美味しい」とつぶやいた。

「料理が上手で、かっこよくて気が利くなんて、小路君も素敵な彼を見つけたわねえ」

「は、は……はい」

彼と言われて、苑はぽっと赤くなる。

苑と青洲はこの夏、恋人になった。

青洲から告白されて都内のホテルに泊まり、初めて抱かれた。下宿屋に戻って、知多と根室に付き合い始めたことを報告したのだが、二人とも驚いていなかった。

「セイさんがグズグズしてるから、やきもきしたよ」

知多からは、そんなことを言われた。青洲から、今夜は苑と外泊すると連絡が入った時は、知多と根室で思わずハイタッチしたらしい。

それを聞いた苑は、端からわかるほどだったのかと冷や汗をかいたものだ。

以降、夏泊をはじめOBや関係者にも、包み隠さず二人のことを伝えている。

青洲がゲイだということは、以前からみんな知っていたし、苑も隠す必要を感じていない。

まだ自分の家族や、学生時代の友人に打ち明ける勇気はないけれど、この下宿屋の関係者には伝えたかった。

みんな、出来たてのカップルをからかうようなこともなく、ただ祝福してくれるのがありがたい。

「そういえば、疋田君。会社辞めたわよ。辞めざるを得なかったっていうのかな。彼、プライドだけは高いから」

これも伝えたかったの、と、豊田は言う。

「疋田さん、何かあったんですか」

名前を聞いてももう、動揺しなかった。青洲に撃退されていく疋田を見送った時、苑の中で彼にまつわる諸々の出来事は、すっかり過去の出来事になった。

その後に青洲の告白があって、疋田に絡まれて悔しい思いをしたことさえ、頭からすぽっと抜けていた。

「悪いことって、できないわよね」

苑の問いに、豊田はふふっと意味ありげな笑みを浮かべる。

疋田は同じ課の中で、苑が入社する以前から評判が悪かった。口ばかり達者で、大きいことを言うくせに仕事ができない。調子がよくて他人に仕事を押しつける。

ただ、上司には目をかけられていたし、イケメンで外面だけはよかったので、課の外では疋田を悪く思う社員は少なかったようだ。

しかも、豊田が育休に入った後から、徐々に仕事の精度が増していった。

それまで細かい資料作りや下調べを嫌がって「そんなのなくても、打ち合わせはできるでしょ」などと言っていたのに、いつの間にかきっちり丁寧な成果物を作るようになって、課外の上役も疋田に注目するようになった。

しかも、他の営業部員のようにだらだらと残業しない。きっちり仕事を上げ、遊ぶところは遊ぶ。会議では大胆で時に軽薄な発言をするが、出されるプレゼン資料は緻密で、よく調査をした上での発言だと理解された。

疋田、あいつはできる奴だと、少しずつ評価されるようになり、極めつきに社内公募では彼の出した案が社長賞に選ばれた。

交際していた彼女とも結婚が決まり、何もかもが疋田に味方しているようだった。

ところが、秋から急速に勢いが落ちていく。苑が退職した頃だ。

疋田は苑が退職した後、苑の代わりにその年の新入社員に仕事を押しつけようとしたらしい。でもその社員は、前年の苑ほどきっちり新人教育を受けていなかった。

新人は疋田の期待どおりに動けず、何度も叱責され、会社に来なくなった。

疋田からパワハラを受けたと上司に報告されたが、例の無能な上司はそれを、口頭注意だけで済ませたらしい。上席にも報告しなかった。

握りつぶされたのだが、新人は失意のまま退職してしまい、噂は徐々に広まった。

疋田には、仕事を押しつける後輩がいなくなった。

以前のような丁寧な仕事はできなくなり、課外の社員たちも、以前から囁かれていた噂は本当らしいと思い始めた。

――疋田は部下に仕事をさせて、その手柄を横取りしていたのではないか。

焦った疋田は、上司に早く人手を補充してくれと繰り返し頼み、そのせいで上司とも関係が悪くなったようだ。

「極めつきにね、社長賞は辞めた後輩の案を盗んだものだって、噂が立ったの。それもすごく具体的で信憑性のある噂」

噂は、会社近くのコーヒーショップで、疋田が元後輩らしい男性に絡んでいた、というところから始まる。

疋田に絡まれた元後輩は応戦しながら、自分の案を疋田に盗まれた、と言っていた。疋田が巧妙に元後輩の作ったデータと自分のものをすり替え、応募したのだと。

「それって」

苑は息を呑んだ。豊田はにやりと笑う。

「心当たり、あるかしら？」

疋田に絡まれたあの時、どうやら同じ会社の社員が店内にいたらしい。

悪いことはできない。豊田の言うとおりだ。

その後、社内で疋田の盗用の噂が流れるようになると、企画開発部からも声が上がるようになった。

疋田が社長賞を受賞した企画を開発中だったのだが、発案者であるはずの疋田が、打ち合わせでほとんど発言をしない。細かい部分を尋ねてもごまかされ、挙句に営業部の多忙を理由に、打ち合わせも休むようになったのである。

その後、疋田は社長直々に呼び出しを受け、その場で盗用を認めた。

かなり足掻いたようだが、アイデアについて具体的な質問をされ、答えられなかったことから、認めざるを得なかったという。

社長賞は異例の撤回をされた。撤回は社内報にも載ったので、疋田の悪事はたちまち社内を駆け巡った。彼女とは結婚式の日取りまで決まっていたが、婚約を破棄されたそうだ。

疋田は間もなく、逃げるように会社を辞め、上司も疋田の事件の責任と、それまでの管理不足を問われ、役職を解かれて部署も異動になった。

「私の同期がまだ、社長室で働いてるの。それでもし、小路君に意志があるなら、社長賞の賞金だけでも渡したいそうなんだけど」

苑が考えた企画は、疋田を外して企画開発部だけで商品化が進んでいるという。

苑のアイデアそのままではとても商品にならないから、その後も検討や改良が必要だ。

そういう地道で膨大な仕事を経て、ようやく商品になる。

「いえ。盗用だと認められただけでじゅうぶんです。商品になったら、お店で買いたいです」

緩くかぶりを振って答えた。豊田は柔らかく微笑む。

「そう。そうね。私も発売されたら買うわ。娘用に」

苑が提案したのは、乳幼児用の知育玩具だった。きっとたくさん改良されているだろうから、どんな形になっているのか楽しみだ。

「それなら俺にプレゼントさせてください。出産のお祝いというか、誕生日プレゼントに」

「本当に？　ありがとう」

豊田とはたぶん、この先も緩やかに繋がり続けるだろう。そんな気がする。

人の縁とは不思議だ。今まで無縁だった人同士が不意に繋がって、唐突に途切れたり、かと思うといつの間にか細く繋がっていたりする。

この下宿屋にいる限り、そんな楽しい縁が繰り返されるのだろう。

運転資金がいつまで続くのかわからないけれど、苑も今はわりと、達観している。なるようになるのだ。今ようやく、そう思えるようになった。

美味しかったわ、と、満面の笑みを残して、豊田は帰っていった。

「苑ちゃん、ちょっと休んだら？」

食器を片づけながら、青洲が言う。お客のいなくなったカウンターの内側で、不意打ちのようにキスをされた。

「身体、まだ辛いでしょう。誰かさんが欲望のままガツガツしたから」

自分で言ってる。苑は笑ってしまった。

「そう、ちょっと辛いです。誰かさんには、隙あらばエッチなことをされるので」

恋人になってからも、基本的な生活は以前と変わらない。

でも夜になると、苑は青洲の部屋に行く。同じ布団で眠り、ただ話をするだけの夜もあれば、身体を重ねる日もある。

なるべく、知多たちに余計な気を遣わせないようにしているので、知多や根室の不在の時間なら、日中に致すことも多かった。

今日も昼は二人きりだったので、ついつい、やらしい行為に及んでしまった。

「俺が悪いんじゃない。苑ちゃんが悪いんだ。襲いたくなるほど可愛いから」

青洲がいきなり開き直った。そういう、アホっぽい青洲も大好きだ。

二人で軽くキスをしていたら、店の戸口に人の気配がした。慌てて離れる。からりと引き戸を引いて現れたのは、知多と夏泊だ。

「あれ、苑ちゃんの眼鏡上司さん、帰っちゃったの？」

眼鏡萌え(も)の知多は、カウンターを見回して残念そうに言った。

「はい。ちょっと前に」

またね、また来てくださいと言い合って、豊田は帰っていった。小さい子供がいるので頻繁には来られないかもしれないが、店はいつでも開いている。

「あ、苑君。立川さんから、こないだのイラスト、ＯＫだって」

「ほんとですか。よかった」

夏泊に言われて、苑は胸を撫で下ろす。

イラストの仕事は、順調に進んでいた。中野の雑誌から毎月カットの仕事をもらい、夏泊や知多の本も、着々と進んでいる。キジえもん絵日記の書籍化が決定した。

あれこれ目まぐるしく進行し、その中で合間を見つけてぽつぽつと、青洲の新作の話を進めていた。

今回は、猫と子リスが主人公なのだそうだ。

「今度こそ、ちゃんと子供に向けて書きたい」

今まで青洲は、児童文学を書きながら子供の読者と向き合ったことはなかった。

彼の過去の児童文学作品は、ただただ、寂しく苦しかった子供時代の自分のために書いていたのだ。

その苦しみから抜け出して、新しい作品を書こうとしている。青洲は毎日のように、あでもない、こうでもないと新作に頭を悩ませていた。苑も相談されることがあり、青洲の案を元に素描を描いたりしながら、一緒に話を考えている。

猫と子リスの物語の行く末がどうなるのか、今からわくわくした。

「知多君から、梅酒と豆アジ美味しかったって聞いて、来たんだけど」

「そうそう。まだ残ってる？　あ、僕はビールにしようかな」

夏泊と知多が席につきながら、口々に注文をする。今日はもう、他に客が来る予定もないので、残りの南蛮漬けをすべて出した。

苑と青洲もカウンターから出て、四人で酒を飲む。キジえもんは、夏泊の膝の上だ。

「セイさん、新作の調子はどう？」

雑談の最中、ソーダ割りの梅酒を飲んでいた夏泊が、不意に青洲にそんな質問を向けた。

珍しいな、と苑は思う。青洲がまた児童向けの作品を書き始めたことは、夏泊にも告げていた。知多や根室に報告した時と同様、よかったね、頑張ってと、心底嬉しそうにしていたけれど、プレッシャーをかけないようにしているのか、誰も進捗を尋ねることはなかった。

冷酒を飲んでいた青洲は、「うーん」と首を傾げる。

「ぼちぼち、ってところかな。前とは勝手が違うっていうか。考えすぎてなかなか進まない。以前が適当すぎたのかもしれないけどね。でも、楽しいよ」

そう、悩んでいるけど、青洲は楽しそうだ。物語を紡ぐことを楽しんでいる。

「そっか。楽しいか。それはいいね」

「苑ちゃんに相談しながらだし、イラスト見てると想像が膨らむんだ。苑ちゃんから、俺にはない発想を聞けたりして」

「二人三脚か。いいね」

夏泊が言って、うんうん、と一人でうなずいた。二人三脚、と言われると苑は嬉しくて、照れてしまう。

青洲に教わって、料理もだいぶ様になってきた。下宿屋の仕事ではかなり戦力になっていると自負していて、青洲が小説の仕事で忙しい時は、苑が食事を作ったりもする。

時々、青洲と将来について話すことがある。

将来といっても深刻ではなくて、こうだったらいいな、こうしたいなという、お互いの希望を話し合うだけだ。

その中で青洲が「これから先も下宿屋を続けたい」と、口にしたことがある。

「もし運転資金がなくなったら、終わりって言われたけど。でもそこから先、どうやって下宿屋を続けられるか、考えたいんだ。自分の資産を切り崩すんじゃなくて」

太郎に後継をしたいと申し出た時、青洲は資金が足りなければ自分の貯蓄を切り崩すつもりだった。それだけの金が青洲にはあるからだ。

でも今は、それは少し違うと青洲は考えている。

「この場所は、大家が身銭を削って守る場所じゃないと思うんだよね。太郎さんも私財は投じてたけど、それはさらに先代から譲られたもので、実質的には下宿屋の運転資金みたいなものだった」

太郎はその前の代から引き継いだ運転資金を、死ぬまで枯渇させることはなかった。

「景気のいい時代があって、銀行の利率も信じられないくらいよくて、それで上手く資産運用できたって、太郎さんは言ってたけどね」

今の時代では、同じやり方はできないだろう。でも、誰か特定の個人の身を削るのではなく、自然な形で下宿屋を続けたい。それが下宿屋のあるべき姿だと、青洲は思うに至ったのである。

「考えてみたら、ごく当たり前の話なんだけどさ。次の代には持ち越せない、誰も犠牲にできないからこそ、太郎さんは下宿屋を畳もうと思ったわけだし。本当に独りよがりだったんだよなあ」

太郎を思い返してつぶやく、青洲の表情には以前のような苦悩はない。彼は、自分で答えを見つけたのだ。

「でも、それだけ大事な場所だったんですよね。俺だって、なくしたくないですもん。もし俺より先に青洲さんが死んじゃったら、俺だってやっぱり……」

想像した途端、涙が出てしまった。今さらながら、太郎を失った時の青洲の悲しみを実感し、言葉にならなかった。

恋人とは違うけれど、太郎は青洲にとって家族だったのだ。同じ境遇になったら、と考えただけで涙が出る。

「苑ちゃん、もう。大丈夫だよ。俺、毎年の健康診断で引っかかったことないから」

「うう、すみません」

半べそをかいた苑に青洲がびっくりし、慰められた場面もあった。

「俺は長生きするよ。美味しいもの食べて、可愛い恋人と毎日、エッチな運動して」

「おじさんだ。おじさんのギャグだ」

馬鹿みたいなことを言い合った。でも青洲の言うとおり、おじさんやおじいさんになるまで元気で、二人で一緒にいられたらと思う。

イラストレーターで成功したいな、とか願望はあるけれど、一番に望むのは、青洲とこれからも末永く幸せでありますように、ということだ。願いが叶ったら、嬉しい。

「今日はね、セイさんに渡したいものがあるんだ」

夏泊がにこにこ笑って言った。隣に目配せすると、知多が尻のポケットから一封の封筒を取り出し、青洲に渡す。

表書きのない、封もしていない真っ白な定形封筒は分厚く膨らんでいた。

「中、見てもいい？」

青洲が戸惑いながら確認すると、夏泊が「もちろん」と言った。

「セイさん宛ての手紙だ。太郎さんから」

青洲が大きく目を見開いた。苑もその傍らで、軽く息を呑む。

「その時が来たら、セイさんに渡してくれってさ。太郎さんの生前、僕と知多君が頼まれてたんだ」

青洲は、戸惑いながら封筒を見つめた。それから、苑を振り返る。目の奥に心細そうな色を感じて、苑は強くうなずいた。

そんな苑に促されるようにして、青洲は封筒の中身を取り出す。

和紙でできた縦書きの便箋数枚に、筆ペンで達筆な文字が綴られていた。

青洲はしばらく、真剣な顔でその手紙を読んでいた。一枚、二枚と便箋をめくる。

やがて、ふっと息を吐いたかと思うと、泣き笑いのように顔を歪ませた。

「セイさんが後を継ぐことになった後、太郎さんはずいぶん悩んでたんだ」

夏泊が言った。

「君に後を継がせることじゃないよ。そのことは、太郎さんも本当に喜んでた。ただ、君を心配するあまり、小難しい条件をつけちゃったんじゃないかって。それからやっぱり、セイさん一人が荷を背負うことになるんじゃないかと心配していた」

「うん。この家がセイさんと……もしパートナーができたら、二人の足かせになるんじゃないかって、それを気にしていたんだ」

夏泊の言葉を知多が引き取り、二人はちらりと苑を見る。青洲も、二人につられるように苑を振り返った。

「だから、セイさんが幸せになったら。そうしたらこの手紙を渡してほしいって、頼まれた。渡すタイミングは僕と知多君に任せるってさ」

青洲が幸せになったら。それは軽い頼みのようで、実はとてつもなく重たい依頼だ。期限のない制約を課すのは、それだけ太郎が夏泊や知多を信頼していた証しだろう。そして二人も、太郎の遺志を受け継いだ。夏泊と知多は、下宿屋と青洲を見守り続けた。

「そんなめんどくさい約束、守るなんて……ヒロさんも知多さんも、お人よしすぎない？」

青洲が涙ぐんで言うのに、夏泊と知多は顔を見合わせた。

「めんどくさくなんて、なかったよね」

「苑ちゃんとのことは、ハラハラしたけどね。二人が結ばれて、どっちも幸せになったから。もうこの手紙を渡す時かなって、ヒロさんと話し合ったんだ」

青洲は、手にしていた手紙を苑に差し出した。

「読んで、いいんですか」

「うん。苑ちゃんにも読んでほしい」

青洲から言われて、苑も手紙を読み始めた。

『青洲君へ。下宿屋を継いでくれてありがとう』

そんな出だしから始まる太郎の手紙は、終始、青洲への気遣いに溢れていた。

青洲を息子のように思っていたこと。後を継ぐと言ってくれたのが嬉しくも申し訳なかったこと。嬉しいけれど、下宿屋を継いだことが将来、足かせにならないか悩んだこと。

太郎は決して、青洲に後を継がせたことを後悔していなかった。

ただ、いつか青洲が幸せを見つけて新たな人生を歩もうとした時、この下宿屋が重荷になるのではないか。

そんな心配をしていたのだ。だからこそ、運転資金が尽きるまで、という条件を設けた。

『僕らは家族です。たとえ下宿屋がなくなっても、なくならなくても、それは変わりません。青洲君が、誰か大切な人を見つけた時、その人と一生を添い遂げてもいいと思った時は、どうかこの下宿屋を畳んで、新しい人生を送ってください。

きっとこの絆は、場所がなくなっても生き続けるでしょう。だから大丈夫。

幸せになってください。僕の願いは、ただそれだけです』

手紙は、そんな言葉で締めくくられていた。

「もしもセイさんが、下宿屋以外に居場所を見つけた時、この手紙を読んで、憂うことなく巣立ってほしいって。太郎さんはそう考えてたんだ」

夏泊の言葉に、青洲は一粒、涙をこぼした。

「病気で大変だったのに、太郎さん」

闘病中、それでも青洲の幸せを考えていた。手紙にあるとおり、太郎も青洲のことを本当の息子のように思っていたのだ。

「けど、太郎さんもたぶん、こんなことになるとは思ってなかったんじゃないかな。見知らぬ男の子がこんなボロボロの下宿屋に迷い込んで、セイさんと恋に落ちて、一緒に下宿屋をやろうと思うなんてさ」

知多が言って、確かに、と、夏泊が笑った。

「これは、僕と知多君の意見だけど。下宿屋を続けてもいいし、続けようと気負わなくてもいい。形が変わったっていい。なるようになって、あるようにあればいい。セイさんも苑君も、それに僕らみんな。でも、太郎さんも今のセイさんには僕と同じことを言うんじゃないかな」

あるようにあれば。

青洲と苑は、この先もずっと下宿屋を続けたい。続けるにはどうすればいいか、模索し、努力もするだろう。

でももし、それらが上手くいかなくても、この世の終わりじゃない。気に病むことはない。

「うん。そうだね。ありがとう、ヒロさん、知多さん。気負わずに行くよ。できれば長く続けたい。大事な子と一緒に」

青洲は言って、苑を見た。苑も青洲を見て微笑む。

大切な恋人と、大切な人たちと、この場所を守っていきたい。ゆったりと、移ろう時の中、その時々に見合った形で。

青洲の言葉にしんみりとする中、キジえもんが唐突に「ナウッ」と声を上げ、みんなは思わず破顔した。

あとがき

こんにちは、初めまして。小中大豆と申します。今回は生粋の現代もの、ごはんと美男のお話になりました。

こんな下宿屋や飲み屋があったらいいな、という願望から始まった物語です。

へんてこりんな美男子とハムスター系男子をかっこよく、可愛く描いてくださいました、白崎小夜先生にお礼申し上げます。きっちゃんも可愛い！

白崎先生、編集様、共にたくさんご迷惑をおかけして申し訳ありません。

そしてここまで読んでくださいました読者の皆様、ありがとうございました。

特に大きな事件が起こるわけでもなく、ゆるゆる進む恋のお話ですが、お疲れの時やちょっとした息抜きに、楽しんでいただけたら幸いです。

それではまた、どこかでお会いできますように。

小中大豆

小中大豆先生、白崎小夜先生へのお便り、
本作品に関するご意見、ご感想などは
〒101-8405
東京都千代田区神田三崎町2-18-11
二見書房　シャレード文庫
「まぼろし食堂のこじらせ美男」係まで。

本作品は書き下ろしです

まぼろし食堂（しょくどう）のこじらせ美男（びなん）

2022年2月20日　初版発行

【著者】小中大豆（こなかだいず）

【発行所】株式会社二見書房
東京都千代田区神田三崎町2-18-11
電話　03(3515)2311［営業］
　　　03(3515)2314［編集］
振替　00170-4-2639
【印刷】株式会社 堀内印刷所
【製本】株式会社 村上製本所

落丁・乱丁本はお取り替えいたします。
定価は、カバーに表示してあります。

ISBN978-4-576-22011-6

https://charade.futami.co.jp/